# O HOMEM QUE MATOU O ESCRITOR

SÉRGIO RODRIGUES

# O HOMEM QUE MATOU O ESCRITOR

Copyright © 2000 by Sérgio Rodrigues

*Grafia atualizada segundo o Acordo Ortográfico da Língua Portuguesa de 1990, que entrou em vigor no Brasil em 2009.*

*Capa*
Jeff Fisher

*Revisão*
Renato Potenza Rodrigues
Thiago Passos

Dados Internacionais de Catalogação na Publicação (CIP)
(Câmara Brasileira do Livro, SP, Brasil)

Rodrigues, Sérgio
  O homem que matou o escritor / Sérgio Rodrigues. — 1ª ed.
— São Paulo : Companhia de Bolso, 2022.

ISBN 978-65-5921-201-9

1. Contos brasileiros. I. Título.

22-105203                          CDD-B869.93

Índice para catálogo sistemático:
1. Contos : Literatura brasileira B869.93

Cibele Maria Dias – Bibliotecária – CRB-8/9427

2022

Todos os direitos desta edição reservados à
EDITORA SCHWARCZ S.A.
Rua Bandeira Paulista, 702, cj. 32
04532-002 — São Paulo — SP
Telefone: (11) 3707-3500
www.companhiadasletras.com.br
www.blogdacompanhia.com.br

*Para Cláudia e Daniel*

# SUMÁRIO

O argumento de Caim  *11*

Ana: telas, janelas  *29*

Filós'fo  *45*

O retiro dos macacos artistas  *59*

O homem que matou o escritor  *99*

Sobre o autor  *11*7

In my less stilted moments I too write
detective stories, and all this
immortality makes just a little
too much competition.*

RAYMOND CHANDLER, *The Simple Art of Murder*

* Em meus momentos menos pomposos eu também escrevo histórias de detetive, e toda essa imortalidade torna a concorrência um pouco dura demais.

# O ARGUMENTO DE CAIM

FUI ABANDONADO POR FLORA (e que a humildade dessa voz passiva pulverize os que sempre me pintaram como bastião do porco-chauvinismo, embora isso importe muito pouco agora) no meio de uma mononucleose. No dia seguinte, 28 de junho de 1979, uma rara tempestade de inverno fustigando o Rio, apareceu no jornal *O argumento de Caim*, crônica que dá título ao meu último e mais lido livro. Dizem que essa estranha peça de prosa poética, escura e fria como o dia em que veio a público pela primeira vez, deve seu sucesso editorial a injunções mais policiais do que literárias. Eu concordo. Mas concedo-me a vaidade (permitam-me, sim, agora que me resta tão pouco?) de acreditar que alguma qualidade a coisa deve ter, pois já ao sair no jornal chamou a atenção do Nelson. "O que está havendo com o nosso Macedinho?", ele se alarmou e foi perguntar ao Otto, que me ligou no mesmo dia. Respondi: "O de sempre, Otto. *Les femmes!*".

O plural era retórico. *O argumento* saiu da minha Olivetti na mesma manhã em que, acordando sozinho e proibido de me levantar, torturei-me com a fantasia de Flora na cama de seis ou sete conhecidos, e teria prosseguido até esgotar meus círculos sociais mais remotos, transido de infelicidade, se o telefone não viesse estancar o devir do meu ciúme.

— Estou na casa do Henrique.

Longo silêncio nas linhas sobrecarregadas da cidade, um precipício. No fundo, uma laje de cobalto onde minhas vísceras explodiriam, e fim. Não! Tudo menos Henrique Valim, o poeta marginal! (Por que menos Henrique Valim?, pergunto-me hoje. Porque ele é cabeludo e eu meio careca? Porque não é inteiramente ruim o que ele escreve? Que importa isso agora se o poeta meio boboca é campeão, se todos já venceram, menos eu?)

Quebrei o silêncio para perguntar, trêmulo:
— O que você está fazendo na casa do Henrique?
Flora deu um suspiro de passarela.
— Nem sei se devia ter a consideração de ligar — pausa dramática. — Você sabe por quê, não sabe, Beto?
Quequeu fiz agora, tentei pensar rápido. Há mais ou menos uma semana, Flora desfilando em São Paulo, tinha saído com minha velha amiga Dorinha Krugerman, a herdeira do império Krugerman, para jantar no Antiquarius, e rolou, mas sem fogo nenhum, coisa de amigos, e depois Flora não podia saber disso, Dorinha era a discrição em forma de louraça. Já a estudante da PUC podia ter espalhado que tinha comido o Zé Roberto Macedo do jornal, mas isso fora na segunda-feira, anteontem, improvável que os rumores já tivessem chegado aos ouvidos de Flora. Que, aliás, vedava-os sabiamente a zum-zuns do gênero. Flora (diz Henrique Valim, rouco). Cinco anos de casamento tinham-lhe ensinado a seguinte defesa: das histórias que circulavam a meu respeito, umas poucas deviam até ser verdadeiras (muitas eram), mas a maioria não era (e não era mesmo, minha fama de insaciável e jeitoso com as mulheres superando consideravelmente meu apetite e jeito com as mulheres). Flora tapava os ouvidos ao mesmo tempo que abria os olhos para que nada acontecesse debaixo do seu nariz, lindo nariz, e vamos tocar a vida, Flora zen, criança. Flora meu amor.

— Flora, eu estou com quarenta de febre e uma dor de cabeça de maluco, acho que é tumor cerebral, vem pra casa e a gente conversa — Macedo, o vulnerável, o sensível, o pronto-a-perdoar, diz enquanto se rói por dentro, imaginando Henrique Valim empalado numa estaca farpada, recitando: Acordo tarde & o sol é uma bola.

Ela hesita. Parece cansada.

— Não tem, Beto... Eu não quero saber — e antes de desligar: — Vou dizer à Guta pra cuidar bem de você.

É estranho que ela tenha dito isso. Carinho, consideração? Ironia? Na hora não dei atenção. Dias depois é que aquilo me intrigou: será que Flora, de alguma maneira torta, previu tudo?

* * *

Eu que tenho sido vil, que despejo obscenidades sobre normalistas e torturo animais de pequeno porte com o sobrolho irônico dos marcados pela última sabedoria, a de que o mal é adubo; eu que condeno Deus e me salvo assim mesmo, por não ligar a mínima; eu que durmo até tarde na cena do crime, certo de que jamais me pegarão, e se pegarem não castigarão, e se castigarem morrerão de culpa; eu que me regozijo arrolando pecados com a meticulosidade de um operário nazista a lustrar com zelo os tubos e trempes industriais do genocídio; eu a Sombra, eu o Inominável, o Tal, o Fim, em verdade vos digo: poupai-me vosso perdão, pois o desprezo.

Começava assim *O argumento de Caim*.

Não ouvi Guta chegar. Escrevia de forma febril e talvez tivesse febre mesmo, recostado na cama, máquina incomodamente (mas eu não sentia incômodo nenhum) apoiada entre a barriga e as pernas dobradas. Pensava: é isso, é isso! O que brotava naqueles caracteres de Olivetti precisando de fita nova era a prosa que enfim me redimiria, Arte & Vida! Casar com Flora, fugir do carrossel das xotas avulsas, ou pelo menos diminuir sua velocidade, canalizar energia para o projeto ambicioso que o Nelson me cobrava, tudo isso fracassara. (Bem, para ser honesto ele cobrava mais do Otto, mas as gozações respingavam em mim. "Dois canos furados, meu bom Macedinho: o Otto e você", dizia o Nelson, sacudido pelo seu riso seco. Era paternal, sabia que escalar um sujeito de trinta e seis anos ao lado do Otto era uma tremenda deferência, mas gostava de mim. "É uma cambaxirra!") Agora vai, Nelson, eu ia pensando. Depois de cinco anos inúteis, bate asas a xota fixa, fica uma fama geograficamente limitada de cronista boêmio, vagamente maldito, com tiradas de fôlego curto no jornal que a autoproclamada intelectualidade da Zona Sul leva para a praia, muito pouco. Mas o fracasso será a própria lenha desse fogo, o combustível da arrancada final, é isso! A febre era de quarenta graus e meio.

Comecei a escrever depois que desisti de ligar para o Felipe

Mota, editor de livros do jornal, e descobrir, inventando uma desculpa, o telefone de Henrique Valim, o poeta marginal. Não estava na lista. Flora não ligou de novo. Eu pensava, aquela vagabunda! A mulher, ao contrário do homem, não tem o direito natural, e portanto moral, de sair trepando por aí (pelo menos não a minha mulher!). Compare um óvulo por mês com milhões de espermatozoides por minuto, tem uma diferença. Eu pensava: Flora, vadia, e a aproximação das duas palavras era um pesadelo. Eu tremia, escrevia.

Fui percebendo aos poucos a presença de ruídos em meu surto criativo. Pratos e talheres lavados na pia de alumínio da cozinha. Faca amolada no balcão de mármore. Tímidas batidas na porta me assustaram mesmo assim.

Mandei entrar e Guta apareceu no vão. Apareceu não é bem a palavra. A pele mulata ficou camuflada nas sombras do corredor. Distingui apenas, olhos baços do *transis interruptus* (sic), a camiseta amorfa que ela usava para trabalhar (tinha a chave, chegava de calça jeans e blusa, trocava-se no quartinho dos fundos, que eu chamava de adega), branco encardido com as palavras *I'd rather be sailing* em vermelho, peitos grandes esticando a malha gasta. Optei por uma sintaxe básica para despachar a empregada da porta sem nenhum mal-entendido.

— Dona Flora teve que sair cedo e não tomou café. Faz um bem forte e me traz aqui. Um conhaque também. Traz logo a garrafa de Macieira, está no bar, ouviu?

A camiseta fica mais alguns segundos lá, antes de ser engolfada pela penumbra. Teria reparado que o lençol não estava amarrotado no lado da cama em que dormia Flora? Lido em meu rosto o esgar ridículo dos abandonados? Provavelmente não. Era só uma adolescente, apesar dos peitos enormes, e parecia ter inteligência abaixo da média. Tranquilizo-me quando ela reaparece na porta.

— Seu Zé Roberto, Maciê é esse aqui?

E abana a garrafa de Campari.

Cinco xícaras grandes de café, três conhaques e duas aspirinas depois, eu já tinha o texto final do *Argumento* pronto (o boy do jornal passava lá pelas duas da tarde) e um copião da crônica seguinte da série que começava a tomar forma, e que eu chamava provisoriamente, não sem pretensão, de *De profundis*. A segunda crônica (mas não necessariamente nessa ordem no arranjo final do livro) era um texto ainda tosco, mas promissor: um libelo misógino corajoso, cru. Eu estava exausto e satisfeito.

Acordo numa poça de suor. Mando entrar e Guta surge, também suada. Arfando, vem até a cama, estende a mão olhando para os próprios pés e vai entregar ao boy as três laudas datilografadas em espaço dois do *Argumento*. Sem sair da cama almoço (muito pouco) seu filé de frango à milanesa com arroz e legumes cozidos. Sonho com sombras, acordo com febre e uma cena de *A história do olho* na cabeça. Nua, a mocinha (mocinha?) senta-se num pires de leite, os pelos saem pingando. Ando trôpego até a estante. Bataille. Henry Miller. Volto para a cama e gasto o resto da tarde lendo.

Guta vem passar o aspirador no quarto. Finjo que durmo para evitar esse tormento em que patroas como a Flora se comprazem, o Papo com a Empregada. Guta está abrindo todas as portas do meu armário (alerta!) e fica um tempão, me parece um tempão, estudando, apenas estudando, sem tocar em nada, paletós, sapatos, gravatas. Suspira algumas vezes ou é delírio? Então acontece algo muito, muito estranho. Guta ajoelha-se, pega um pé do meu melhor par de sapatos, feito sob medida no Villar, na Rua da Carioca, e juro, beija-o longamente. Ou foi um sonho.

Acordei ardendo, chamei Guta e nada. Na cabeceira, em fósforo verde: nove e meia. Ela devia estar há horas no barraco que dividia com a mãe e um bando de irmãos (Flora, a única modelo da praça formada em sociologia, gostava de comentar essas coisas), perto dali, no Pavão ou no Pavãozinho, eu nunca me lembrava qual. Ou seriam o mesmo morro? Controlei um princípio de pânico. Era quinta-feira? Tomei duas aspirinas e três conhaques enquanto relia o rascunho de *O misógino*. Pelo

*17*

resto da noite sonhei sonhos pretos, sem enredo nem forma, apenas uma sensação, uma infinita sensação de peso.

Um telefone toca em meu sonho e ninguém atende. Acordo nervoso. Flora:
— Pensei em passar aí para pegar minhas coisas.
Desligo. Chove. Nove e dez da manhã. Espero.
— Escuta aqui, Beto...
Bato o fone no gancho com estrondo, antes de jogá-lo no chão. O sinal de ocupado me embala o sono.
Acordo com alguém revirando os armários. Guta? Um par de pernas de homem num jeans apertado guarda a cama, a meio metro de mim: braços cruzados, a exata posição do segurança de boate, olhar que tenta ser durão com sucesso relativo, mas de qualquer maneira surpreendente num poeta (ainda que marginal).
— Olha, rapaz, todo mundo aqui é civilizado — ele fala, um tanto defensivamente: leu nos meus olhos a chispa da insânia?
— Civilizado é o cacete! Flora!
Ela não responde, continua jogando coisas dentro de duas malas. Está nervosa, uma pilha. Um cigarro travado no canto da boca, queixo erguido para evitar que a fumaça entre nos olhos. Cabelos ruivos curtinhos de heroína de Godard. Flora, meu amor.
— Vaca!
Henrique me levanta pela gola do pijama antes de me soltar com força no colchão. Tento um chute que não passa, reconheço, de uma contorção patética. Flora fica histérica.
— Para, Ique!
O poeta marginal funga, cheiradão? Passa as duas mãos no cabelo comprido, ajeitando-o atrás das orelhas. Reparo que o cara, sua característica mais marcante, tem um pomo de adão gigantesco.
— Vamos embora, Flô — Flô!!! O poeta marginal chama Flora de Flô!!!! — Antes que eu perca a cabeça com esse sujeito.

Vai saindo. Resmungo:
— Flora.
Flora sai atrás dele, arrastando duas malas cheias. Tentei dizer alguma coisa e não soube o quê. Aquilo não podia estar acontecendo. Era ótimo que aquilo estivesse acontecendo. Virei o conhaque no gargalo, tive um acesso de tosse, recobrei a voz.
— Puuutaaaaaaa!
Nada. Eles já deviam estar no elevador. Guta aparece na porta.
— O senhor chamou?


O homem, no fundo, pode ser apenas malvado, mas a mulher é intrinsecamente ruim. O homem, ao rir, se desarma; o júbilo feminino é escárnio e doença. A mulher é a superfície que precisa do rio masculino para justificar sua existência: ouve o caudaloso rumorejar da corrente do homem, pressente sua força, mas não a compreende. Seu raciocínio é falho, trabalha com longas e aleatórias elipses, dando por vezes ao macho desavisado a falsa impressão de hermética sutileza.

Criatura de segunda instância, fraca, tagarela, futriqueira e ignóbil, a mulher inveja o homem com todo o ódio de sua alma anã: por isso se pinta, enfeitando-se para uma dança de morte. Há que ter cuidado com essas criaturas. Há que armar o espírito para a guerra que elas, ao longo dos séculos, arquitetam surdamente junto a máquinas de fiar e tachos de cobre.

Blá, blá, blá.

*O misógino* precisa ser trabalhado.


Chorei, tiritei de febre, imaginei Flora e Henrique Valim na maioria das posições do Kama Sutra, li e reli trechos de um manual de tortura assinado por inquisidores, dormi. Não necessariamente nessa ordem, ou melhor, já não havia ordem alguma naquele quarto. Quando o boy veio, entreguei a Guta o copião da crônica misógina mesmo. Foi então que reparei no buço de

Guta, fios espessos acentuando uma boca gorda, confortável como um figo aberto (e denotando tanta inteligência quanto um). A ligação do Otto restituiu-me um pouco de humanidade. Tentei brincar, *les femmes!* Ele disse que estava de partida para Belo Horizonte, ia passar um mês por lá. Eu não tinha recado nenhum para o pessoal de Belo Horizonte. Ou melhor, tinha: o que eles estavam fazendo que não iam embora de Belo Horizonte? Otto ecoou minha risada; meio sem graça?

Quase não toquei o filé de peixe à milanesa (com arroz e legumes cozidos) que Guta trouxe, muda, espichando uns olhares na direção... dos meus pés! Enfiei os pés debaixo do lençol. Estava tomando conhaque com aspirina quando Joca, o editor, ligou.

— Aí não vai dar, Macedo, passou um pouquinho da conta.
— Hein?
— Essa história de misoginia está um pouco... pesadiiiinha — ele esticou a palavra, espertinho e antipático —, você não acha?

Era só o que me faltava.

— Porra, Joca, era só o que me faltava. Pesadinha? Você agora virou censor?
— Você está bem, Macedo?
— Ai meu saco.
— Você não está bem, Macedo. Seus leitores vão ficar revoltados se eu publicar esse troço. Já imaginou as pessoas na praia lendo isso? O Chico faz *Olhos nos olhos* e você me vem com essa? A de ontem, meio baixo astral, vá lá, mas isso aqui é barra-pesada! Sabia que as mulheres são mais da metade da população? — e de repente amolecendo a voz, conciliador: — Pensa bem, rapaz, trabalha o texto. Manda aí uma daquelas gavetas do Antonio's...

Achei que era boa ideia levantar a voz. Praticamente gritei, indignado:

— O cacete! O Antonio's morreu, Joca. E que praia é essa? Não tem mais praia, a praia agora é da patuleia, a cidade está em guerra!

— Mas que guerra, Macedo? Você está bem?

A febre devia andar em quarenta e dois.

— Escreve o que eu estou dizendo, Joca, vem guerra aí! A ditadura acaba, a gente sai do jardim da infância e cai na guerra social. Mulher contra homem, favelado contra classe média, viado contra macho, guerra social total! Uns viados que eu conheço já começaram a estocar armas num aparelho em São Cristóvão.

— Rá.

— Joca, essa crônica é a melhor coisa que eu já escrevi, estou antecipando o futuro no seu jornal, entendeu?

— Macedo, olha aqui. Pra começar o jornal não é meu...

— Você é que sabe. Não quer publicar, não publica.

Bato o telefone. Joca liga de novo. Fala num tom de impaciência mal contida, e eu posso ver aquele homenzinho de óculos apertando os olhos, tentando parecer durão enquanto reconhece minha vitória:

— Vamos fazer o seguinte. A crônica abre com: "E o misógino disse", dois pontos, parágrafo, travessão, e aí vem o texto, tá bom?

Penso em Flora gemendo o nome de Henrique. Um sussurro hediondo, doentio.

— Feito.

— Agora, uma coisa: não vai ser bom pra você.

— Bom fechamento, Joca.

Decidi sair pouco depois que Guta foi embora. Troquei de roupa lentamente. Na sala, vi as caixas de som dançando e mudei de ideia. A cara no espelho do bar me assustou: olheiras fundas. Peguei uma garrafa de Macieira selada e voltei para a cama. Tiritei de frio, chorei, dormi, repeti quinhentas vezes: Flora, vadia, Flora, vagabunda. Não necessariamente nessa ordem.

O telefone interrompe um sonho em que eu ia morrer.

— Zé Roberto Macedo?

— Humm.
— Betsy.
— Ah, Betsy. Oi.
Betsy Veiga, a marchand. Já comi.
— Só estou ligando pra dizer que você é um filho da puta. Tenha um péssimo dia.
— Hã — estou surpreso demais para falar. Quando consigo, ela já desligou: — Você também, putinha, frígida! De merda, de merda!
Tomo um Dienpax. Um conhaque. Quando liga a Márcia Medeiros (jornalista, não comi porque ela não deixou), já me acalmei o suficiente para conversar.
— Beto, que sentimentos horríveis...
— Querida, eu não posso fazer nada. Não falo por mim. É como se fosse um catálogo, entende? Um catálogo de... ideias, ideologias, atitudes inconfessáveis. Como escritor, não sou responsável pelo que capto na alma secreta da humanidade.
Ela parece engolir isso, mas com alguma dificuldade. Titubeia:
— E-eu acho que todo escritor tem uma responsabilidade social...
Como é que você saberia, baby? Escrevendo no Turismo do *Globo*?
— É claaaro que tem, Marcinha. Isso tudo envolve uma responsabilidade muito grande. Olha, vamos tomar um chope uma noite dessas.
Gostaria que o Nelson ligasse, mas como o alô-Beto da chamada seguinte também é feminino (parecia a Sula Fernandes, atriz, comi, ou a Dadivosa Sharp, RP, não comeria nem amarrado), desligo sem falar nada e deixo o fone fora do gancho. O Dienpax me derruba.


O súcubo simiesco me ataca quando estou indefeso. Eu teria repelido o súcubo simiesco se pudesse, se o tivesse visto se aproximar, tão repelente, eu o teria repelido como a um inseto, uma carícia indesejada, uma invasão. Mas ele chega de mansinho e, num rapto, me leva ao paraíso.

Estou pensando: este é, sem dúvida alguma, o melhor sonho erótico que eu já tive. Estou feliz e ao mesmo tempo um pouco triste porque sei que ele vai acabar e porque o ser humano ainda não aprendeu a controlar sonhos assim, tê-los sempre que quiser, o que significaria, óbvio, o fim do inconveniente das relações afetivas, complicadas enquanto isso é tão macio, tão quente, como voltar para casa e ser Natal...

Não sei se estava inteiramente acordado quando gozei na boca de Guta. Já sabia haver alguma coisa estranha com aquele sonho em que eu via o lustre do meu quarto, as persianas fechadas, mas eu queria mais, não importava o que fosse aquilo, e a consciência do que se passava ali, eu com a calça do pijama nos joelhos, a empregada ajoelhada na cama, nua, peitos excessivos, manipulando a própria pentelheira vasta enquanto chupava com talento meu pau duro feito mogno, essa consciência só veio junto com uma consciência universal dos sentidos, todos ao mesmo tempo, a coisa mais parecida com uma sinfonia ou fogos espocando que eu já senti na cama. Gritei e esporrei durante uns dez minutos. Não, meia hora. Guta bebeu tudo.

Passa do meio-dia e eu, quase terminando *O súcubo simiesco*, estou feliz, com a alma muito mais leve do que nos últimos dias. Contribui para isso a impressão de que, com essa crônica, atinjo um novo estágio no empreendimento *De profundis:* o das respostas. Durante cinquenta minutos (desde que Guta voltou para a caverna da cozinha levando suas roupas emboladas debaixo do braço, sem dizer nada, sem esperar que eu nada dissesse) trabalhei como um possuído e de repente tenho tudo ali, um passeio precisamente concatenado pelas regiões mais obscuras da sexualidade, ou da alma, como queiram, pois vem a dar no mesmo. Uma prosa incômoda, sim, capaz de dar um nó nas tripas do leitor vulnerável, perfeitamente, mas como não reconhecer sua

alta voltagem de verdade? Só tenho um problema. Estou empacado no fecho. Então sorrio.
— Guu-taa!
Encontra uma bonita ereção e dedica-se a ela com o mesmo empenho de antes.

Nada perguntar, nada prometer, nada. O calor úmido oferecido pelo súcubo simiesco, em troca de absolutamente nada, é tudo. Basta como o amadurecer de uma fruta, como um pôr do sol, e em sua irracionalidade sumosa e voraz revela-se a única ponte possível entre a frágil, grotesca humanidade e os círculos superiores onde soam as harpas elétricas de anjos sem rosto. O súcubo simiesco não sabe ler, não vai ao cinema, pouco se importa com as roupas da moda, não sabe o nome do general que está no poder. É livre. Obedece a um único comando ancestral: encontrar-se com os seres humanos ali onde eles são mais inocentes, mais animais, e só.

Um súcubo simiesco me visitou hoje, me encontrou prostrado na cama, e voltou a seus afazeres depois de projetar minha alma, em volteios, no éter das grandes revelações. Acho que ele mora no Pavão-Pavãozinho, mas isso não tem a menor importância.


O boy do jornal acabou de passar quando o telefone toca. Flora dizendo que a gente precisa conversar.
— Estou ligando desde cedo. Você tirou do gancho?
— Não tem o que conversar, Flora.
— Eu preciso saber: a ruiva de cabelos compridos era a Talita?
— Dã?!
Ela está chorando.
— Terminou tudo, Beto, você faz o que bem entender, mas eu preciso saber. Ontem na Plataforma a Talita ficou rindo de mim, cochichando com outras vadias e rindo de mim. É ela, não é?
Flora está falando de Talita Groindenwelt, a grã-fina (comi, mas só uma vez e faz muito tempo), e minha compreensão

não vai além disso. Será que minha descida aos infernos incluiu algum tipo de amnésia?

— Que história é essa, Flora? Olha aqui, se você quer justificar sua infidelidade com a minha, desista, é injustificável, e a última vez que eu vi a Talita ela nem me cumprimentou, estava furiosa porque vestiu a carapuça de um personagem fútil que eu inventei baseado em outra dondoca.

— Quem é a ruiva, então?

— Você é ruiva.

— Mas eu tenho cabelo curto!

— Sim, e daí? O do Henrique Valim é bem comprido, e daí?

Flora respira fundo. Parou de chorar.

— Beto, seja homem. Eu passo uma semana em São Paulo e aparecem fios de cabelo no ralo da nossa banheira, e um punhado deles é de uma ruiva de cabelo comprido, eu quero saber se é a Talita. Se não é, quem é? Eu tenho o direito de saber, essa casa também é minha, ou melhor, era.

E agora, penso. A mulher pirou. Tenho a voz risonha dos inocentes:

— Você achou *fios de cabelo* na nossa banheira!

— Ruivos e castanhos. Os castanhos, vá lá, podem ser seus. Mas eu preciso saber quem é a ruiva.

Ainda estou me divertindo. A imagem é impagável.

— Você enfiou o dedo no *ralo* da banheira e saiu de lá com um tufo de cabelos?

— Não interessa quem achou. Não mude de assunto. Beto, eu estou falando sério.

De repente, já não acho tanta graça.

— A *Guta* disse pra você que achou fios de cabelo na banheira...

— Não mude de assunto.

— E você acreditou! — eu estou gritando, chocado. — Flora, você é uma idiota! Ela mostrou os tais fios?

— Não precisava mostrar, Beto.

— Ah! Não precisava! Aí você sai e dá pro Henrique Valim!

— Beto...

— Você é uma imbecil, Flora. Céus! Eu costumava comprar briga quando diziam na minha frente que toda modelo é uma porta. Juro que não brigo mais.
— Beto, por favor! Quem é a ruiva?
— Adeus, Flora.

Demito Guta quando ela entra no quarto com um sorriso bovino nos beiços inchados, pela primeira vez olhando diretamente para mim, e deposita meu almoço (bife à milanesa com arroz e legumes cozidos) na mesinha de cabeceira. Chega até a falar:
— O senhor precisa comer.
Quem desvia os olhos sou eu. Fixo um ponto entre a chave e o puxador do armário embutido.
— Não precisa terminar o serviço. Você está demitida. Justa causa, aliás — acrescento, como se houvesse algum vínculo formal entre nós —, calúnia e difamação.
Guta fica um tempão ali, impassível, processando aquela complexa massa de informação. Quando fala, ainda não entendeu:
— Seu Zé Roberto...?
— Rua — ergo a voz, mas tentando parecer calmo, olhando para a porta do quarto agora. — Você está demitida. Sabe rua? Rua.
Isso a devasta. Ela cai de joelhos.
— Seu Zé Roberto, por quê?
— Você sabe por quê.
— Eu fiz alguma coisa errada?
— Você sabe. Fios de cabelo na banheira e tal.
— Seu Z-zé Roberto, nn-nãã-nãããoo! A gente po-pode ser fe-feliz juntoooooooo!
Ela chora aos borbotões. É insuportável. Estou envergonhado, ofendido, incrédulo.
— Suma da minha frente! — Atiro-lhe algumas notas que pesco na gaveta da mesa de cabeceira. — O mês inteiro pago. Agora suma. Peste!

Guta continua de joelhos, soluçando como um motor mal regulado. Entro no banheiro da suíte para fugir daquela cena. Deixo uma fresta na porta e vigio a gaveta do dinheiro. Minutos depois, ela apanha as notas no chão e sai do quarto com passos de sonâmbula. Quando ouço a porta dos fundos bater, vou até a sala, ando em círculos, sento-me no bar.

— Cacete! — diz o espelho.

Rio descontroladamente.

O resto do dia passou envolto numa névoa de Macieira e irrealidade. Não consegui ler nem escrever. Alguma coisa parecia ter chegado a termo, mas o que significava aquilo? Vi um pouco de televisão na sala. Sessão da Tarde, um Jerry Lewis muito antigo, com Dean Martin. Eu me sentia vagamente aliviado, talvez um pouco mais sábio. Debati se daria uma nova chance a Flora, mas cada vez que imaginava Henrique Valim gritando seu orgasmo sobre o corpo branco de minha mulher, começava a babar e concluía que não. Outras vezes me parecia que sim, talvez, desde que ela fosse punida. Como? Joca ligou:

— Parabéns, Macedo.

— ...?

— *O súcubo simiesco* é do cacete. Ainda meio pesado, mas bom de ler, mais pra cima. Vai por aí.

Nelson não telefona. Tenho problemas para dormir e tomo dois Dienpax.

Meu sono é invadido mansamente por ruídos domésticos familiares. Faca amolada no balcão de mármore da cozinha.

Acordo com Guta debruçada sobre mim. Antes que eu consiga ordenar os pensamentos e concluir que aquilo não podia estar acontecendo, pois acontecera ontem, e decidir qual dos dois dias era sonhado e qual era real, ela desfere um único golpe de especialista em limpar alcatra e meu pau surge em sua mão

27

contra a tela do teto, um gesto de triunfo, o sangue esguichando nos lençóis e borrifando o recorte de jornal que ela atira em minha cara.

— Me chamar de sinistra, tudo bem, mas de súcuba não, viu? Súcuba é a puta da sua mãe, viu?

A polícia diz que não a encontrou em Fortaleza, para onde o pai a despachou no primeiro ônibus. Flora, me contaram, internou-se em estado de choque numa clínica em Itaipava. Nelson veio me visitar no hospital dois dias depois, e esperou do lado de fora do quarto enquanto eu aprovava a capa que a editora mandara (a foto de uma navalha e uma banana, a parte decepada pendendo num ângulo de noventa graus, presa pela casca). O velho chorava com um abandono de criança.

— Uma coisa tremenda, Macedinho! Uma coisa tremenda!

Disse saber exatamente como eu me sentia. Perguntei se aquilo já tinha acontecido em alguma de suas histórias. Ele enxugou os olhos com um lenço enorme, ajeitou os suspensórios.

— Já. N'*A vida como ela é* tem um caso ou dois.

# ANA: TELAS, JANELAS

**ELA ATIROU O CIGARRO PELA JANELA** e ficou vendo ele rodopiar no abismo de sete andares, suspirou e abriu o Word for Windows no micro bonitinho mas sem pedigri, vasculhou a bolsa pendurada no encosto da cadeira e entre batons e camisinhas pescou uma Bic preta, que destampou com os dentes, pousando-a sobre a mesa com a ponta voltada para o próprio umbigo, e escreveu:

Você escreve em mim que eu escrevo nele.

Era uma moça bonita, cabelos pretos e espessos, os olhos mais tristes do bairro. O umbigo, gracioso, ficava à mostra sob a camiseta branca cortada com tesoura na barra, gola e mangas. Chamava-se Ana e gostava de escrever.

Escreveu: Quero.

E se atirou.

Outro caso famoso de edifício é o de Lindolfo Sotto Mayor, o barítono, mas o mergulho urbano tem o problema da sujeira depois. Tripas na calçada, francamente! E já imaginou a sua cara, os milhões de possíveis maus ângulos... Não que eu seja ingênua de acreditar que um suicida tem algo a perder além da vida, nunca engoli o inferno a que a ideologia dos vivos condena as pobres almas, nem mesmo quando era criança e acreditava em almas. Concordo que tudo termina ali, todas as dívidas pagas no ato. O suicida renuncia a qualquer sanção porque renuncia a qualquer querer. Ele não quer morrer, ele está morto. Fechou a conta, virou casaca, foi se juntar às hostes do Nada, ponto. O que é uma língua pra fora numa hora dessas, um miolinho escapando pelo bueiro da Barão de Lucena?

Eu digo: o problema é a deselegância. Mortos ou vivos, temos todos um compromisso com a nossa história. Não sei se fui clara.

Penso querer dizer, embora tudo seja ainda meio borrado, que o suicídio deve levar em conta a relevância estética para se realizar no contexto da afirmação plena de uma vontade, o que remete ao autocrime artístico, entende? Em outras palavras, por que não comprimidos? Ah, a lenta inconsciência a te lamber como um mar morninho, o abandono doce da vontade, os traços fisionômicos dos justos... Certo, há o risco do coma prolongado, ou pior, se você for muito incompetente há o risco de se salvar sem nada além de uma cólica. Mas existem meios, receitas, dos quais posso falar mais tarde, se essa for a sua escolha.

Ana reclinou-se na cadeira e olhou a Bic. Abriu seu sorriso largo, genuinamente alegre, em contraste com os olhos. Escrevera tudo num fôlego só. Releu devagar, a expressão alternando prazer e apreensão. Clicou o mouse no save e batizou de fim.

Precipitou-se, não foi o fim. Passados três dias, depois de dormir com Mário e acordar perguntando ao espelho pela zilhésima vez por que, afinal de contas, dormir com Mário, ela viu a Bic sobre a mesa, acendeu um cigarro e criou de cara o arquivo pills, antes mesmo de escovar os dentes.

Quando o telefone móvel tocou em seu colo, Ana sabia que era sua mãe.

— Mãe, você viu a receita com o analista?
— Vi e já comprei, filha, três caixas, tudo tarja preta. Eu levo pra você, vou passar aí perto de qualquer jeito, me dá meia hora — a mãe fala naquele seu jeito de atropelar o interlocutor com um comboio de frases curtas e inelutáveis, até acabar o ar e ela cair num silêncio que tem sua dose de antipatia, a agressividade de quem demanda uma resposta que já sabe qual é, que só pode ser uma.

Pela primeira vez passa pela cabeça de Ana que talvez sua mãe intua tudo e esteja adorando a ideia. O pensamento a deixa bastante perturbada, a ponto de parecer feia na luz bonita de maio que entra pelo janelão.

— Vem, mãe, que eu faço um chá.

Na volta à escrivaninha, as rodas da cadeira parecem mais pesadas do que o normal. A Bic a encara, pontuda. Ao lado do monitor, colada com durex na parede, uma folha de caderno escolar amarelecida mostra em poucos traços talentosos uma menina de seus quatro anos desenhada com esferográfica preta. Ana olha para a tela e vê o pai chegando em casa com a barba de três dias uma lixa, e quanto tempo depois terá sido a mesma face escanhoada e imóvel parecendo de cera à menina que chora no colo da mãe um choro estranho, encenado e sentido ao mesmo tempo, e sua mão direita alcança o mouse para chamar o arquivo pai.

O médico disse que ele teve azar de conseguir enfiar a bala do Rossi .22 niquelado na cabeça, todo mundo sabe que essa bala é difícil de entrar, fraquinha, resvala fácil no capacete craniano, mas uma vez lá dentro, metida em geral pelo ouvido, como era o caso, sua fraqueza vira uma força enfezada porque ela não consegue sair e fica ricocheteando, liquidificando o cérebro em dois segundos. Com uma espécie de volúpia, para todos os efeitos feliz, o magro e muito louro dr. Câmara, médico da família, pôs-se a repetir: "Mas que azar! Um tremendo azar". Pensei na hora, ou foi mais tarde, que não era azar, era sorte. Muitos anos depois, agora, descubro que não era sorte, era método.

A menina do desenho sou eu, claro. É o que sempre soube. Mas cada vez mais me assola a sensação de que o bilhete de suicida encontrado junto ao cadáver de meu pai, a filha numa folha de caderno, aquela ali não sou eu. Pelo menos não ainda. Parece algo a conquistar a identidade entre o que sou e aqueles traços elegantes, um tanto torturados, ou talvez seja minha imaginação, compondo o close da menina séria, queixo baixo, olhos tristes fitando o desenhista. Acusadores?

Esteticamente, no caso de papai, a bala na cabeça satisfaz. Tem a violência e o imediatismo tão caros aos homens, esses cabeças de pau cerebrais. Numa mulher, sobretudo bela, se o caso é bala, mil vezes preferível arranjar uma arma melhor, um .32 pelo menos, enfiar o cano bem debaixo do seio esquerdo, entre duas costelas. Mas não, o caso não é bala. Não quero estragar de maneira alguma a superfície de Ana, Ana é bonita, por fora Ana é bonita.

Ana pega a Bic, levanta a camiseta e desenha um círculo em torno do umbigo. Relê o arquivo pai. Chama a mãe.

A mãe chega com as três caixas de Lexotan. Uma garrafa de uísque para engolir e não haverá a menor chance de salvação.

— Eu passei no supermercado e trouxe um Grant's, dezenove dinheiros, você acredita?

A mãe vai direto à cozinha e começa a esvaziar sacolas de supermercado. Ana vê cebolas, brócolis, sucrilhos e bombril sobre a bancadinha de mármore, e logo tudo já foi guardado na geladeira ou no armário. A mãe está agitada como quase sempre, vestido branco, meias e sapatos brancos. Abre a garrafa, serve-se de uma dose dupla em copo de geleia, e antes que Ana tenha tempo de lhe oferecer o charmosíssimo copinho comprado por Mário a bordo do Cutty Sark, já virou um gole largo. Quase engasga, arqueja um pouco, se abana, dá um risinho:

— É cedo, eu sei, mas não é um dia qualquer. — E sem trocar a marcha: — Eu sei o que você pretende fazer com esses comprimidos, Ana Letícia.

Ana não tem tempo nem de piscar e o sorriso da mãe já se transformou em careta, seus olhos dardejam setecentas e três acusações por segundo antes de vacilar, desabar.

— Anselmo e agora você... Eu só posso ser um monstro!

Faz beicinho. Ana começa a entrar em pânico, odeia, sempre odiou ver a mãe chorando. Mas de repente ela sorri de novo, ainda de olhos baixos, um sorriso entre triste e debochado, soprado, a denotar tanta coisa: compaixão por todos aqueles entes desgraçados, estoicismo, o maior orgulho do próprio estoicismo, conformismo cristão, nada além de uma profunda autoindulgência. Ou talvez não denotando nada, como o trejeito de uma má atriz, é difícil dizer. A mãe extermina o que resta no ex-copo de Inbasa e se serve de outra dose dupla. Quando olha para Ana de novo, parece calma, triste mas serena, e até amiga:

— Me diz por que você vai se matar.

— Ai, mãe, não sei se vou chegar a fazer isso. Gosto de saber que posso, se quiser. É um exercício. Na verdade, estou escrevendo sobre o suicídio, e adivinha de onde vem meu interesse pelo assunto? Perfeitamente normal, não se preocupe.

— Escrevendo? E você precisa de todas essas caixas pra escrever?

— Preciso, mãe, ou não teria lhe dado esse trabalho todo. Tenho que descrever os comprimidos, saber a cor, a textura, como o abajur projeta a sombra da pilha de confeitos na mesinha de cabeceira...

— Minha filha...

— É verdade. Bom, tem também o lance do poder que emana das coisas que te cercam quando você escreve, isso existe, eu posso garantir.

— O que você está dizendo, filha? — a mãe está confusa, de pé na porta da cozinha com o copo na mão. — Você vai se matar ou não?

— Que nem a Bic preta, sabe a Bic preta? — Ana sente uma vertigem. A boca da mãe é um O de perplexidade.

— O que você está dizendo?

— Me conta — Ana fala numa voz sem cor, quase mecânica — como a Bic preta entra nessa história, mãe. Que ela entra eu sei.

A mãe diz que não dá para conversar com Ana naquele estado muito estranho, sugerindo que a filha está drogada, quando ela é que começa a enrolar a língua. Apanha a bolsa e sai batendo a porta.

No quarto, o bilhete de suicida tenta lhe contar por que a mãe não o destruiu também, a esse desenho, como fizera com os outros desenhos e as fotos e todo o resto que se relacionava ao pai. O bilhete tenta lhe contar, mas Ana não entende. Não ainda. A Bic. Tira a camiseta, aponta a caneta para o peito, um palmo acima do círculo no umbigo, e começa a bordar volutas em torno dos mamilos. O desenho ondeante, sensual, evolui para movimentos caóticos à medida que Ana se entrega ao prazer de doar a pele a uma esfera bem lubrificada (era fundamental escolher uma Bic dessas que chegam a vazar tinta, nunca uma que arranhe o papel com sua escassez de suco), e logo ela já não desenha, apenas pressiona determinados pontos do corpo, criando com borrões pretos um caminho das pedras que teria sido tão útil a Mário... Mário o bom, Mário o atrapalhado... Mário que sequer desconfia que sexo com ela pode ser tão maravilhoso.

Mário aparece, como faz três vezes por semana, terças, quintas e sábados, sempre às oito da noite. É tão assíduo quanto a faxineira, e mais uma vez mostra preocupação com o fato de eu recusar uma empregada em tempo integral. Já não são reprimendas a essa altura, mas ele fica inquieto procurando coisas para fazer: põe CDs de volta no rack, abana poeirinhas aqui e ali com notável ineficiência, esvazia cinzeiros. Não toca na louça da cozinha, aí já seria demais.

— Você está bem? Quer alguma coisa?

Compreendo de repente, com uma espécie de desfalecimento, a intransponibilidade da distância entre Mário e eu. Sinto um enorme cansaço.

— Ana?

Digo que preciso dormir. Ele fica menos contrariado do que seria de esperar e levanta-se para sair, mas antes me entrega um disquete.

— Me diz o que você acha.

Arquivo pancrelo, de Mário:

O problema é que o pâncreas e o cerebelo nunca concordavam.

Sim, talvez fosse esse o problema principal.

O pâncreas gostava de coisas como sexo e gordura de porco, de marcar gol e se aliviar na privada, enquanto o cerebelo insistia em tirar prazer de janelas entreabertas, sobressaltos infinitos e cálculos tão absurdos em seu movimento circular que faziam o coração bater mais lento.

Aconteceu que o pâncreas e o cerebelo se tornaram grandes rivais na disputa do coração.

O pâncreas era vermelho, era verde e amarelo, mas era fosco. O cerebelo nunca perdia o mesmo tom luminescente de azul. O pâncreas ronronava uma batucada, o cerebelo zunia rifes de violino, cada um querendo chamar mais a atenção do amado, belo, poderoso, distante coração.

Ana não estava gostando daquilo. Imaginava o que vinha em seguida: a implicação de que um lado dele gostava dela, mas o outro não conseguia sustentar a relação, coisa e tal. Guardou pancrelo e desligou o micro. Foi à cozinha com braçadas econômicas, exímias, bebeu um copo d'água, pegou uma maçã e o Grant's que a mãe deixara para trás. De volta ao quarto, comeu a maçã e passou a noite debruçada sobre a mesinha de cabeceira, esculpindo coisas com sua coleção de comprimidos esverdeados: cidades, superfícies lunares, entranhas do corpo. Dormiu quando o céu clareava, sentada em sua cadeira de rodas.

Arquivo pancrela, de Ana:
Uma queda no banheiro, aos quatro anos, fez de Ana um monstro. O pâncreas e o cerebelo continuaram funcionando, mas alguma outra coisa muito importante naquele mundo interno, além do qual tudo são trevas e ilusão, rompeu-se sem chance de remendo. Uma queda no banheiro. Como foi? Ana nunca se lembrou como foi. A mãe diz que ela escorregou no sabonete, deve ter sido. Ela se lembra da dor, uma dor cegante, e, sobre o ombro da mãe, o pai entrando atordoado no banheiro, chorando feito criança. Um cheiro de sabão de coco? Ou foi um sonho posterior?

Ana registrou, confusamente mas para sempre, que seu pai se matou porque ela ficara paralítica. O pâncreas e o cerebelo não têm nada a ver com essa história. O cérebro e o coração sim, mas isso você não entende, não é, Mário?

Ana não sabia seu primeiro nome ou mesmo inicial, mas encontrou o dr. Câmara na lista telefônica depois de discar meia dúzia de números. Telefone de casa, aposentado, o homem já devia ser um velho. Quando ouviu o nome de seu pai, e a referência ao suicídio, abandonou o tom relutante.

— Isso mesmo, eu era o médico da família. A senhorita é a menina, a filha?

— Sou. Por que o senhor deixou de ser o médico da família?

O velho ficou algum tempo em silêncio, pigarreou.

— Digamos que seu pai era quem me prendia por laços antigos, e que depois da morte dele o afastamento foi apenas natural. Permita-me uma pergunta indiscreta: a senhorita... — novo pigarro — obteve progresso com algum tipo de tratamento desde aquele tempo?

Ana força uma risada.

— Não, doutor. A medicina nada pôde fazer por mim. Nada, nadinha.

— Lamento muito — ele parece realmente triste. Ela se lembra de como irradiava felicidade ao anunciar: "Um tremendo azar!". Ou talvez isso só existisse na sua imaginação.

— E sua mãe?

Minha mãe o quê, pensa Ana. Difícil definir o tom empregado pelo velho para perguntar aquilo. Aparentemente casual, mas interessadíssimo. Meio sádico, torcendo por uma notícia ruim? Apenas concupiscente? Mas talvez isso também só existisse na sua imaginação.

— Bem, eu acho.

— Menos ansiosa?

— Acho que não. Dr. Câmara, foi o senhor que me atendeu aquela noite, depois da queda?

— Você não se lembra?

— Não me lembro de quase nada. Só de uma dor cegante.

— Fratura esmigalhante da última vértebra lombar. Quando cheguei, você já estava na cama, cheia de novalgina no sangue, mas sua mãe me mostrou o local do acidente e eu pude imaginar o dano causado por aquele ressalto de azulejo no chão do box, uma coisa verdadeiramente criminosa. Desde que, é claro, a pessoa tenha o azar de cair sentada ali num ângulo x, a uma velocidade y, o que não acontece todo dia. Mas acontece... um dia. — Faz uma pausa, dramático. — Um tremendo azar, minha filha!

Talvez ele pense que está demonstrando compaixão. Ana se sente acusada de um crime.

— Então tá, doutor. Obrigada pela atenção.
— Espere um minuto.
— Sim?
— Detestaria desligar com a sensação de que a ofendi.

Uma lufada de pouco caso.

— Bah! Uma pessoa como eu se habitua. Não, o senhor não me ofendeu.

— Não tive essa intenção. Lembro-me de seu acidente como de uma noite verdadeiramente triste, uma das poucas que jamais me fizeram maldizer as enormes limitações da medicina.

Ana tem vontade de dizer puxa, obrigada, doutor.

— Você estava lívida, imóvel. Sua mãe, toda quieta, concentrada, parecia armazenar aquilo para gastar depois, como se a dor fosse uma espécie de energia. Seu pai ficou na cozinha chorando e... bem, essa é a verdade, tomando cachaça.

E o velho, parecendo enlevado pela vividez dessas memórias, conta a Ana que havia, sim, um cheiro de sabão de coco no ar, em seu corpinho branco. Sabe bem o quão estranho isso deve soar, ou talvez não queira dizer nada, mas o fato é que se lembra de vestígios de algum traçado nas costas de Ana, como se ela tivesse se rabiscado de caneta, só que isso não teria sido possível a julgar pelo ângulo e pela própria firmeza adulta dos riscos, que, esfregados, tinham ficado em sua pele como negativos de si mesmos, um mosaico raspado da epiderme até que só restasse a denunciá-lo o vermelhão da palha de aço e da escova.

* * *

Agora Ana está zonza diante do micro e, para ter algo em que se apoiar, chama pancrelo. Mário diz:

O cerebelo e o pâncreas dariam tudo para ser um pulmão garboso e alojar, num abraço apertado de membranas, o objeto de seu desejo. O contato com o sangue que vinha... e sempre voltava... não bastava aos amantes. O combustível viscoso era bom, mas não distinguia entre amígdalas e espinha dorsal, entre baço e metatarso, tratava a todos com a mesma generosidade promíscua, o que, para os apaixonados, era muito pouco. Servia de consolo a ambos o pensamento de que, se ficavam distantes, ficavam pelo menos equidistantes do amado.

E havia, claro, os outros. Muitos, tantos que nem vale a pena enumerá-los. Alguns em dupla, satisfeitos, outros solitários e condenados à caça como o pâncreas e o cerebelo. Todos convivendo naquilo que conhecemos como mundo, um organismo regido por leis mais ou menos estáveis e delimitado pela resistente carapaça que, como se sabe, contém o território civilizado, além do qual tudo são trevas e ilusão.

— Mãe — Ana fala ao telefone —, o doutor me disse que o papai desenhava em mim.

— Hein? O que você está dizendo, minha filha?

— Ele tirava a minha roupa e desenhava coisas em meu corpo. E eu gostava. O que ele desenhava?

— Que doutor?

— O dr. Câmara.

— E que dr. Câmara é esse?

— Ele me contou, mãe. O médico da família!

— Você enlouqueceu, Ana Letícia?

— Ainda não.

— Assim eu é que vou acabar enlouquecendo. Só dá maluco! Seu pai era maluco, você é maluca...

— Você vai dizer que não se lembra do dr. Câmara?

— Não sei de dr. Câmara nenhum.

— O médico da família, alto, louro.

— Não sei quem é.
— Mas o homem que me socorreu naquela noite...
— Dr. Souza. Gordo, baixinho, dr. Souza.
Não adiantaria. Ana precisava recorrer a outras fontes. A mãe era seca como uma Bic usada.

*A morte tem mil portas por onde a vida escapa: hei de achar uma.*
Não me lembro onde li a frase que guardo desde sempre, intrigada. Parece querer dizer que um suicida tem o dever de encontrar, não uma das mil portas, uma qualquer, mas a sua porta. Isto é, essa história só chegará ao fim quando se fechar o círculo do sentido. Se esse sentido mantiver com a realidade uma relação de paralelismo torto, ou mesmo se for uma completa invenção, não importa. O absurdo é pular fora da vida sem um entendimento, por parcial, turvo que seja. Lacunas preenchidas, os arquivos secretos de minha memória infantil surgirão na tela, alfabéticos. Nada a ver com magia, new age, picaretagem. Uma criação mental, isso sim. A caneta que aponta meu umbigo, ao lado do teclado, está investida de poder, mas é um poder muito palpável: vem do fundo de minha memória esburacada.

O cérebro, que por ser elétrico e hermafrodita gozava da condição anômala de solitário e satisfeito, mantinha uma postura olímpica. Parente mais famoso do cerebelo, nada fazia para ajudá-lo. Não que não pudesse ou soubesse como fazê-lo. Cerebelo acreditava no poder quase infinito do primo, e se ressentia da falta de cooperação. Vez por outra, o cérebro desencavava só de manha umas lembranças antigas, há muito fora de circulação, e projetava-as no cinema local com tal alarido que o coração dava pulos e comparecia a todas as sessões.

A ponta da caneta faz cócegas, machuca um pouco, mas acaricia também. Ana fica assustada no princípio, mas o medo aos poucos vai dando lugar a uma espécie muito aguda de felicidade, uma sensação de possibilidades infinitas, orgulho, vitória. Ela vê um mundo novo surgindo em seu corpo e sente o prazer do pai em desenhar... arabescos, paisagens. O pai é Deus. Ela é o universo. Lembra-se de pétalas saindo de seus mamilos infantis.

Um certo par de coxas castanhas com penugens louras. Um sorvete tomado no Tívoli Parque em companhia de Lídia. Um porquinho-da-índia chamado Carlos. Era difícil saber quem, o pâncreas ou o cerebelo, se beneficiava mais dessas exibições de prodigalidade mnemônica do cérebro. O pâncreas costumava gostar delas, e no princípio acreditou que o coração que batia mais forte batia por ele, pela mordida nas coxas morenas, o rosa meloso do sorvete e o calor do bichinho contra a face. Custou, mas acabou entendendo que o coração batia também por razões claramente cerebélicas, como a luz do crepúsculo que vinha flutuando da janela e incidia quase horizontal sobre as micropilosidades, dourando-as, a disposição milimétrica dos aros da roda gigante, todos iluminados, ou o padrão de comportamento do hamster diante de uma folha de alface.

Ninguém pode confiar no cérebro, concluiu o cerebelo. Ele tem suas próprias ideias, e talvez tenha até, lá no fundo, um plano que lhes confira sentido, por mais erráticas que pareçam a quem olha de fora.

Tudo acontece num relâmpago. A mãe a arrasta para o banheiro, o pai intervém, é rechaçado. Devia ter vergonha, tarado, doente, o pai desaparece. Ficam Ana e a mãe no banheiro, a mãe manejando o escovão e o bombril como se limpasse uma privada e torcendo seu braço, dando cascudos. Repete, possessa:

— Você devia ter vergonha, ter vergonha.

Está na memória. Ana arquivou, com o nome de holes, e se enrolou na manta. Liga para Mário.

— Você é o pâncreas ou o cerebelo?

— Hein? — Mário ri. — Como assim, os dois, ora. Sou todos.

— Eu desconfiava. E aonde você quer chegar com isso?

Silêncio. Finalmente, com voz séria, meio engasgada, Mário fala:

— A você?
Ela diz vem pra cá e ele diz estou indo.

Havia, naturalmente, os tais reprodutores. Gangue barra-pesada, dizia-se deles. Embora passassem a maior parte do tempo dormindo ou cochilando, tinham o poder de, ao despertar, botar todo o resto para dormir. Mais precisamente, levavam o mundo inteiro, inclusive o cérebro e, em posição de grande destaque, o coração, a pulsar num ritmo de sonho, um ritual de vida e morte comandado pelo bombear de suas veias eriçadas. Selvagens. O cerebelo não confiava neles, e eles, lá de sua extremidade do mundo, amorais, nem sabiam que existia um cerebelo (embora se beneficiassem de alguns de seus truques). O pâncreas, que eles conheciam de vista mas lhes era um tanto indiferente, sentia um misto de inveja, carinho e respeito por aqueles primitivos peludos, e participava com gosto do balé que eles comandavam. Mas não era tão burro que lhe escapasse que, naquele momento, o coração podia se lembrar de tudo, menos que existia o pâncreas, e isso acabava por deprimi-lo.

A noite é longa e serena. Ana ensina a Mário, com borrões de Bic preta, o seu caminho das pedras. Ele adora a brincadeira. Dão risadas.

Na manhã seguinte:
— Mãe, fiz xixi na calça.
— Eu falei mil vezes que pagava uma empregada para morar aí, você é que não quis.

Não, muito infantil.

— Mãe, eu vou engolir agora aquele monte de Lexotan. Se você estiver interessada numa lavagem estomacal, é bom vir logo pra cá.
— Isso é chantagem barata, Ana Letícia!

Era mesmo.

— Mãe, eu preciso de você. Caí no chuveiro.
— Você cismou de tomar banho em pé? E aquela cadeira caríssima que eu comprei pra você entrar no banho? Virgem

Maria, como você pode ser tão irresponsável, Ana Letícia, no seu estado?

— Está doendo, mãe. Vem pra cá.

Ana ouve os sons compassados do telefone durante um tempão. O sinal vira um mugido contínuo por uns quinze segundos e depois volta ao seu tututu de ocupado, ao fim do qual cai num silêncio de ferros atritados em surdina por um longo intervalo antes de dar linha novamente e começar tudo outra vez, até que o carro estaciona lá embaixo. A mãe salta e vem caminhando pela calçada com aquelas pernas de seriema, ridículas como são as pernas de qualquer ser humano quando vistas do alto.

— Mãe!

A mãe ouve o grito, ergue a cabeça. Deve intuir o pulo, pois começa a berrar:

— Não! Não!

Ana joga o monitor primeiro. Corrige a pontaria e lança o gabinete do micro, com seu disco duro cheio de memórias, arquivos que podem ser convocados à tela e arquivos opacos, constitutivos, que habitam a escuridão inviolável de sua inteligência. A caixa cor de gelo reluz no abismo de sete andares, estilhaçando o fim da história.

# FILÓS'FO

**ISMAEL? NÃO, SEU NOME É CELSO,** e ele nem sabe escrever. Enfileira palavras e coisas como riporongas enfiam contas num colar, ou pior ainda, porque riporongas pelo menos se ligam nas cores das contas, qual vem primeiro e quais vêm em seguida e em que ordem, coisas que estão além da sua compreensão. Também repete palavras, como "coisas" na frase anterior. Sabe que não sabe escrever porque já leu um tanto, muito Julio Cortazar e muito Dashiel Hammet, muito Harold Robbins, pra saber que tem gente que escreve bem pra cacete. É por isso que lá no Dona Marta o chamam de Filós'fo.

Isso, lá no Dona Marta. Lá longe. Hoje à tarde ele estava num ônibus-leito, caía um temporal lá fora e cada minuto que passava o morro ia ficando mais longe. Quase não acreditou. Foi para ver se acreditava que começou a escrever, mesmo não sabendo direito. A ideia veio quando a atriz, sentada na poltrona ao lado, disse que escrevendo você entende melhor tudo o que existe no mundo. Tentava convencê-lo a escrever a história da vida dele, que tinha acabado de ouvir, boquiaberta, na intimidade da Rio-Bahia encharcada. Segundo a atriz, nem precisava escrever bem, uma coisa não tem nada a ver com a outra. Bastava ser objetivo.

Assim, por exemplo, numa primeira tentativa:

Todos em sua família sempre foram maus. Esse alto teor de malignidade, provavelmente genético, só não ficou famoso por conta de uma vocação darwiniana do clã para a migração de tempos em tempos.

*Você lê por cima do meu ombro e diz que isso é a coisa mais subjetiva que eu já escrevi. Ao perceber que sua opinião ainda me influencia, fico um tanto desconcertado e me refugio num recurso clássico, a descrição de uma cena.*

Uma rajada de metralhadora o desperta. É cedo, o sol entra

deitado pela cortina de contas da janela. Sua mãe já está acordada e, quando o vê, chama:

— Lurian, sai desse banho já!

Ele diz:

— Mãe, a Lurian morreu.

É como se ele não existisse. Como se ela dissesse, quem morreu foi você, criatura feia. Continua de ouvidos em pé para captar o chiado de um chuveiro imaginário, sob o qual sua mente degenerada planta uma neta há muito decomposta, e daqui a pouco diz:

— Lurian, vou falar pela última vez...

Dona Germana faz isso porque é má. Todos em sua família sempre foram.

Sai de casa pensando o que pensa sempre: o que fazer com uma velha que não consegue se levantar da cama, da cama estreita e fedorenta num quartinho de favela? Fosse muito doente mas minimamente expedita, passava os dias na fila do INPS, fazia amigos, é sempre uma distração. Tomava amostras grátis de placebos disfarçados de remédios, engolia lotes de remédios com validade vencida, até umas injeções tomava de vez em quando na sua via-crúcis de brasileira pobre, mas não. Nem essa última dignidade lhe resta, negam-lhe até a involuntária função socializadora de uma assistência pública grotesca: sua mãe não sai da cama.

— Lurian, minha filha, você tem tomado leite?

O que você faz com uma velha assim?

*Você diz que é só chamar o médico do INPS em casa. Como um relâmpago, me vem o surto de memória de um tempo, bem no início, em que nossa busca nos levou a acreditar na luta social. A gente tomando cachaça e lendo Brecht noite adentro, comparecendo a reuniões furtivas com libelus liberados e althusserianos loucos.*

— *Você me pegou. Pegou sua baleia branca.*

*Eu adorava sua autoironia. Você brilhava no escuro, uma gorda linda. Mas isso foi antes, muito antes do crime, quando eu ainda caminhava com minhas pernas. Agora você é magra e diz uma coisa dessas, que é só chamar o médico do INPS em casa...*

Alguém sugeriu chamar o médico do INPS em casa? Rá! Essa é muito boa. Filós'fo imagina os vizinhos chegando na janela, a rua inteira gritando: rá! Todo mundo a se virar com chás de ervas, aborteiras, latinhas de pomada japonesa, rá, rá, rá, rá! Um rá puxa outro, os ecos se multiplicam, mais um pouco e é o morro inteiro que marcha triunfal com suas receitas de família e seus trabalhos barrocos com farofa, suas rezas fortes, seus galões de cachaça estoica, uns com insultos, cataplasmas, quitandas, simpatias, outros com novalgina, gemidos, loucura, estupor, olho vidrado, e todos, em formação de musical americano, exibindo para o céu da lente seus dentes em cacos: médico do INPS em casa, rá, rá! Aquele travelling de grua e o morro gritando seu escárnio, dobrando-se de rir: rá! rá! rá!

Sente lágrimas se fabricando. Nessas horas o morro fica tão bonito que quase esquece o tamanho do seu ódio.

*Você me interrompe e diz que eu deveria falar do que conheço, o que não é o caso de uma favela. Você diz que todo escritor deve falar do que conhece e que só assim a verdadeira literatura é possível. Eu digo que Stephen Crane tinha vinte e poucos anos e era virgem de qualquer experiência militar quando escreveu* O emblema vermelho *e você responde, previsivelmente, que eu não sou o Stephen Crane e que os morros cariocas não são os campos abertos da Guerra Civil Americana, embora a gente também esteja numa guerra civil. Não respondo nada, fico tomando uísque na luz baixa da sala e ouvindo Miles Davis,* Sketches of Spain. *Ou tentando ouvir porque daqui a pouco você volta a falar e diz que a citação de Melville é uma* private joke *canhestra e a tal primeira tentativa de objetividade é a coisa mais subjetiva que eu já escrevi. Aponto-lhe que você está se repetindo, você fica furiosa e diz que o personagem é bidimensional e que a proposta de "escrever mal" degenera inteiramente quando se fala em malignidade genética e vocação darwiniana. Que diabo de favelado é esse, afinal? — conclui, com um sorriso de desdém. Nesse momento me convenço de que você não faz ideia, realmente não faz ideia do que estou falando, como se fosse possível cometer um crime e por causa dele ficar mais inocente. Me ocorre que bidimensionais somos nós, que quisemos pintar a vida com uma vertigem de grandes artistas maldi-*

*tos e terminamos prisioneiros dessa tela medonha. Dou um suspiro fundo. Você me parece velha e eu me sinto velho também, quase sem forças para medi-las com o Filós'fo. O que, no entanto, é forçoso fazer. Não me pergunte por quê: você não ia gostar da resposta.*

Neco Penico fica acompanhando desde lá longe a descida dele, tá, ele sabe, com aquele olhar de curiosidade e humor que tanto humilha quanto distingue e que, no fim das contas, é o que permite a uma aberração como ele morar no morro. Ele não é bíblia, nem do movimento, nem da associação de moradores. O que é ele? Ele é o Filós'fo. O apelido é absurdo, leu só dois livros da coleção Pensadores, nem lembra mais os nomes. Mas gosta. Sabe que o Filós'fo funciona como uma proteção no morro ao qual está miseravelmente atado por Dona Germana, sua mãe entrevada.

De guarda encostado no poste, bem no meio do caminho entre o topo e o pé do morro, Penico abre um sorriso desdentado. Filós'fo fala a linguagem local.

— E aí, sangue?
— Fala, Filós'fo. Filos'fando muito?
— E comendo umas donas sempre que deixam, ré, ré!
— Ré, ré.

Nem mesmo é verdade. Ele trabalha em teatro, mas não come ninguém há um bom tempo. Sendo maus, todos em sua família mentem bastante também.

Pelo resto da descida e no ônibus até Copacabana ele vai pensando na cara de pau do diretor de exigir um cabriolé, um cabriolé numa montagem mambembe. Isso era o que pensava num primeiro plano. Ao fundo, onde as palavras ficam fora de foco, e simultaneamente, pensava que Lurian não era má, não podia ser. Pensava: não deu tempo.

Sua filhinha desapareceu aos dois anos e meio numa pedra do Arpoador. Um escorregão, o tombo, quase uma rotina. Dona Germana, que estava com ela no momento do acidente, nada pôde fazer. Nessa hora não se pode. Uma única coisa era esquisita, nunca terem achado o corpo. Ele sonhou com Lurian no fundo do mar quase toda noite por mais de um ano. Eram pesadelos hediondos, acordava molhado como se voltasse mesmo de uma apneia em profundezas abissais.

A mãe de Lurian nunca mais foi a mesma, sumiu no mundo em seguida. Dona Germana nunca mais foi a mesma, enlouqueceu aos poucos. Não, claro que sua filhinha não era má. Não, claro que não deu tempo.

*E agora essa criança, você diz, tem sempre uma criança morta no que você escreve, Ismael, você se tornou um escritor patético, você diz. Começa a andar pela casa e eu tento segui-la, mas meus braços estão cansados e a roda da cadeira derruba uma caixa de som. Você então me xinga de monstro inválido e vai se envelopar no Paloma Picasso que nunca deixa de perfumá-la sempre que você, como agora, troca de roupa diante de meus olhos atentos, metendo-se numa lingerie feita para uma mulher vinte anos mais nova, e sai dizendo da porta: Não me espere, estou indo dar pra alguém.*

A atriz principal toma um Grapette. O diretor fuma e bebe cerveja. Filós'fo bebe cerveja e pergunta à atriz principal se ela quer um sanduíche de mortadela. Ela diz que divide um com ele. O diretor está aborrecido.

— Quer dizer que não dá pra conseguir um cabriolé.

— Claro que dá pra conseguir um cabriolé. É só pagar.

— Porra, gênio, pra pagar eu não preciso de produtor.

— Que produtor? O Celso não é contrarregra? — intervém a atriz, sorrindo com dentes roxos.

— O Celso é meu produtor especial.

Produtor especial, claro. Avião eventual também, sua concessão periférica ao movimento. E contrarregra. E faz-tudo. E mal-pago.

— Agora, carroça com uma poltrona em cima eu consigo meia dúzia pra já.

A atriz principal dá uma risada, cuspindo Grapette.

— Cabriolé ou rua — diz o diretor.

*Penso que não deveria me incomodar o que você faz porque, afinal, houve um tempo em que eu paguei homens para que fodessem simultaneamente todos os seus orifícios diante de meus olhos tristes. Mas isso foi antes. Depois do acidente, mas antes do crime. Agora tudo mudou. Viro a noite em meu corpo a corpo com o Filós'fo, tentando atribuir-lhe um passado emocional, recordações boas e más, jeito de andar, cheiro, quem sabe cacoetes. De repente descubro que nunca disse se ele era branco, preto ou azul, mas decido que não tem importância. Ele será da cor que o leitor quiser, você compreende? Não? Não mesmo, ou está mentindo?*

*Levo a cadeira até o banheiro e mijo com a dificuldade habitual, usando a mangueira e o funil. Me enfio na cama e tento dormir.*

Subindo o morro ele pensa, sem saber por quê, eu minto muito. Sorri sozinho mas prefere não entrar agora nos desdobramentos do famoso paradoxo. Sente uma estranheza no ar. A primeira coisa que vê, reluzente em frente ao bar do bexiguento Tibério, é a embocadura da AR-15 do cara. Só então corrige a pontaria do olhar e descobre que daqui a pouco vai estar cruzando com Armandinho Aleixo, vulgo Pezão, que não vê há meses.

Não dá pra ter justo agora o handicap do cérebro em curto-circuito pelos becos lógicos de um paradoxo. Pezão, seu amigo de infância, é assassino dos mais frios.

Abre os braços.

— Eu não acredito!

— Então é porque me queria morto.

— Ih, o cara, aí — consegue dizer, nervoso. Achou que Pezão estivesse morto mesmo, e descobre que a ideia não era má. Contra ele o Filós'fo não protege. — Porra, Pé! Toma uma cerveja?

—Tá lesado, Filô? Isso aqui é trabalho.

Sim, Filô. Os muitos meses de sumido quase o fizeram esquecer que Pezão o chama assim. Se irrita como sempre, mas disfarça:

— E aí, cana de DP ou presídio, como é que foi?

Por algum motivo, nunca suportou ficar calado diante de Pezão.

— Que cana, rapaz.

— Ah é? Pensei...

— Tu não pensa, Filô, desde quando tu pensa? Essa é boa,

burro-burro mas todo bonito, todo pimba! Negócio de teatro não é fraco, não! Olha, vamos trocar um rauariú um dia aí, eu te acho.

Claro que acha, ele mora ali mesmo.

Se despede estranhando aquilo. Rauariú. Não é gíria do morro. Onde terá andado o Pezão?

*Onde você andou, eu pergunto. Fui no Pelô, você diz, como se nada tivesse acontecido. Entra num de seus longos banhos matinais cantando um sucesso do Eurythmics. Também de antes, eu penso.*

O diretor estava brincando, claro, quando falou em demitir o Filós'fo, embora tivesse mesmo sonhado com o cabriolé. A peça estreia num festival em Salvador dentro de duas semanas, mesmo que se descolasse um cabriolé restaria o problema de carregar o trambolho Rio-Bahia acima, um absurdo. Passa os dias seguintes remendando cenários, correndo pra comprar fusível, xerocando texto e prestando atenção naquela garota falsa magra. É uma mulher que se entrega a tudo o que faz, a atriz principal. Desde o dia de intensa felicidade em que descobriu Grapette no botequim mais infecto da rua do teatro, consome engradados inteiros por semana.

O texto: Meus gritos se espalharam por toda a parte. Meus gritos batiam nas paredes, nos móveis, como pássaros cegos. Não admito que homem nenhum veja minhas amígdalas!

Fazendo aquilo soar importante.

*Você diz, ah, eles estão vindo pra cá, que falta de imaginação! Eu me limito a sorrir porque ainda não chegou a hora de lhe dizer que nossos atos sempre nos alcançam, cedo ou tarde, e não há nada que alguém faça entre quatro paredes que não seja obrigado a gritar um dia dos telhados. Culpa cristã, apenas culpa cristã, isso você não diz mas é como se dissesse porque eu posso ouvi-la me acusando de dar uma volta completa e não sair do lugar. Como é que eu posso acreditar nas mesmas velhas coisas, eu ouço você dizer, depois de tanta viagem, tanto dinheiro torrado em substâncias alucinógenas, tantas noites em claro escrevendo a prosa que redimiria a nossa geração ou trepando feito quem fosse morrer logo, tantas escapadas insanas na moto de farol queimado noite afora na tentativa de, sim, morrer logo, e não sei mais quantos tributos a Nietzsche e Asmodeu, como é que eu posso, a essa altura, ser o mesmo de antes? Não tendo havido pergunta, não respondo, mas penso, antes do quê? Do acidente de moto? Do crime? E quem disse que eu sou o mesmo de antes? Ah, minha baleia branca, eu não sou o mesmo de antes. Agora, posso não governar minhas pernas mas governo tanta coisa que você, se soubesse, morria de ciúme. Me ocorre que de certa forma, engraçado, eu cheguei ao fim da minha busca e você não.*

A cara de Pezão assoma entre as contas da janela quando o Filós'fo está dando mingau na boca de Dona Germana. Deitada na cama, ela vê novela na TV portátil, antena de tubo de PVC, e come pouco, com o jeito alheio de sempre.

— Cerveja no Tibério?

— Tô indo.

Enfia mais duas colheres de mingau na boca da mãe. Nutricionista amador, pondera o valor alimentício do que ela ingeriu ao longo do dia e se dá por satisfeito.

— Vai sair? Leva a Lurian.

— Vou tomar cerveja com o Pezão. A Lurian não toma cerveja.

— Ah, é.

A Lurian não toma cerveja. A Lurian não faz nada.

Pezão compra uma cerveja e andam até a pedra do alto. O amigo de infância fala de uma gente que conheceu, gente importante. Filós'fo o sente misterioso, gato-mestre, satisfeito. Chega a estranhar Pezão: não é amigável assim há muitos anos, apresenta um baseado. Fumam e ficam vendo as luzes despencadas morro abaixo até o asfalto, como se estivessem no alto de um tobogã feérico ou de uma cachoeira estática, eles lá em cima, o morro a seus pés.

A voz de Pezão tão baixa, tão clara.

— Tudo isso vai ser meu, Filô.

— O quê?

— E você vai me ajudar.

*Eu posso lhe garantir que a culpa cristã não tem nada a ver com isso. Apenas não me esqueço dos olhos da menina quando ela, no seu entendimento escasso de dois anos, entendeu exatamente o que nós íamos fazer. Claro, você vai dizer que não se lembra de nada e que minha memória, além de criativa, é doentia. Você vai dizer que eu sou louco, que de tanto inventar histórias na ficção decidi inventá-las também na vida, e agora perdi a capacidade de distinguir umas das outras. Na sua abominável inocência cínica você vai fingir que não se lembra de rigorosamente nada, como se o que fizemos pudesse ser esquecido por alguém, mesmo alguém cheio de porcaria no sangue, em dois mil anos de vida.*

Ele teve um bisavô que matou seu patrão a machadadas. Um tio que se afogou em cachaça depois de afogar a mulher na tina. Uma tia que furava olho de cachorro, era só cruzar com um na rua, o alfinete sempre na bolsa. Um irmão mais velho que era matador profissional até que um dia, profissionalmente, o mataram. Avós que torturavam a prole com colher em brasa, e riam de perder o fôlego, e tantas primas ladras, tantos primos estupradores, todos em sua família sempre foram maus. Uma dinastia de gente sem coração.

Conta isso para a atriz principal e ela ri. Com certeza pensa que ele está representando, que é tudo teatro, como é a vida dela. Todos já foram embora, é noite alta. Estão sozinhos no palco.

— Me ajuda a tirar esse figurino?

É um vestido de noiva estilizado, cheio de colchetes nas costas. As costas da atriz são brancas como o vestido. As omoplatas tentam furar a pele mas não conseguem, ficam fincadas ali, falsa magra. Quando ela se vira, os peitos são cheios.

Perfeitamente cônicos, aqueles bicos apontados para ele.

— Seu malvado.

— Você acha que eu estou brincando.

— Não, eu acredito. Vejo a maldade em seu coração.

Aréolas de carmim intenso, como se ela tivesse passado rouge. Mas o gosto é de suor e ervas.

Transam no chão duro do palco, tacos empoeirados, contra o cenário de véus e cadeiras. Há muito tempo ele não comia ninguém e goza depressa, sem lhe dar chance. Mas ela não se irrita.

— Só não ficamos famosos porque migramos de tempos em tempos, pra não dar na pinta.
— Você é engraçado, Cel.
— Ninguém me chama de Cel.
— Eu chamo.
— Tudo bem.
— Por que você não fala o meu nome?
— Eu?
— Nunca falou.
— Falo agora, se você quiser.

Ela se levanta brusca, talvez irritada, agora sim, e some nas coxias. Filós'fo ainda está sentado no chão quando ela volta com seus pezinhos brancos e vem abrir o arco das pernas sobre ele. Os pelos recém-lavados gotejam em sua cara, aquele mesmo carmim de rouge assomando na moita.

— Lurian, Lurian, Lurian.

*O que significa isso, a outra ter o nome da filha morta, você pergunta, e mais uma vez eu me limito a sorrir. Sinto que a luz começa a raiar em seu espírito negro, queimando, e fico feliz de lhe infligir essa dor, merecida paga pela facilidade com que você apagou tudo, sabe como é, muita merda, muito álcool, o que representa um lapso de memória a mais ou a menos na vida, e assim, muito singelamente, deixou para mim o fardo inteiro: meu o acidente, minha a paralisia. Ah, mas como foi nossa, em nossa saudade do nosso engate, em nosso cansaço de uma distância intransponível, como foi nossa a desesperada tentativa de curá-la pelo sacrifício "asteca"... Você diz que esqueceu. Eu carrego um lembrete feito de nervos mortos e carne atrofiada.*

O trabalho é fácil. No tijolão de maconha, Filós'fo escava o retângulo justo para acomodar o mecanismo cheio de fios que Pezão lhe apresenta, e que pelas pequenas dimensões, usando seu conhecimento de filmes, desconfia ser feito de explosivo plástico. A camuflagem é a parte mais delicada: em meia hora, com papel, cola e cancha de cenotécnico, o tijolão fica perfeito.

A entrega não será problema dele. Nem a política: alternância de poder é rotina no morro.

Filós'fo vê que Pezão está satisfeito quando, se despedindo com um aperto de mão de bróder, ele renova o compromisso com o pagamento combinado, serviço em troca de serviço.

— Ia mandar o Penico na tua casa, mas mudei de ideia. Vou cuidar da coisa eu.

Melhor assim.

— Sem demora, Pé, sem dor.

— Vai tranquilo. Na nuca.

No ônibus para Salvador, a chuva castiga em cheio as janelas. Filós'fo parece em estado de choque quando diz para a atriz que isso se passou ontem à tarde e aí, quando foi para casa fazer as malas e olhar para a mãe uma última vez, de repente ela desandou a falar. A propósito de nada, nada. E despejou tudo.

Quando conta para Lurian, ela treme inteira na poltrona do ônibus.

Dona Germana tinha vendido a neta para um casal de bacanas por dois mil dólares. A história da morte no mar ela disse que improvisou na hora.

A atriz fica um tempo em silêncio e por fim, num sussurro, diz que aquilo é uma mistura de Sófocles com Nelson no tacho de cobre de Artaud, mas ele não entende. O Filós'fo leu pouco.

— Você tem que escrever isso, Cel.

Ele responde que chegando em Salvador vai ficar, abandonar o diretor sentado quatro fileiras adiante e ficar. A migração de tempos em tempos. A atriz sorri com os olhos:

— Meu órfão querido, eu fico com você.

E levanta a blusa. Carmim, suor e ervas. A chuva lava o mundo.

*E é assim que nesse momento, em seu quarto de hotel, Filós'fo escreve o que conhece da história. Como eu. A diferença é que eu conheço mais, eu conheço a história toda. Ele ainda não sabe, como você também não, que existe um propósito em seu destino. Nosso herói ignora que dentro de alguns minutos um telefonema meu vai fazê-lo sair zonzo do hotel e, inundado de uma ira santa, comprar a arma destinada a cuspir as quatro balas, três nela que fugia, uma nele bem no ouvido, que vingarão sua Lurian degolada.*

*Sim, depois disso ele vai sair sem ser visto, deixando a arma e levando a polícia a optar, após examinar nossas folhas corridas, por assassinato seguido de suicídio. Mas aí, minha Moby, nem essa história, nem nada nesse mundo nos dirá mais respeito.*

# O RETIRO DOS MACACOS ARTISTAS

## QUASE MORTE

A violência. Se fosse de sacanagem a expressão naqueles olhos, quem sabe se, mesmo sendo tudo um bando de japonês, Bia não conseguiria se abstrair e sofrer menos, achando uma brecha para o próprio prazer. Era só, na cabeça, transformar a cena em suruba e aproveitar aquela floresta de paus duros, entregar as últimas reservas. Podia fazer isso por Max, mesmo depois de tudo o que acontecera achava que podia fazê-lo. Mas não: a violência. Aqueles olhos puxados frios, as mãos que a esbofeteavam, rasgavam-lhe a roupa, e ela ainda pensou, está bem, não é suruba, é curra, relaxa e aproveita, foi quando ouviu a gargalhada de Max e o japonês mais gordo começou a esmurrar sua boca, enquanto um outro mordia o lado interno de sua coxa até sangrar, e só então Bia compreendeu o que estava acontecendo: fechou os olhos e se preparou para morrer.

Naquele mesmo instante, uma hora e meia para o norte, num retiro de macacos aposentados do show business chamado Close Relatives, Joaquim, amigo de Bia, também achou que ia morrer. Ia ao volante da van de vidro fumê que transportava, em seus bancos confortáveis, diversos macacos, entre eles um gorila, nenhum acorrentado, e foi obrigado a ficar dando voltas pelas estradas da Flórida por uma hora e meia com aqueles passageiros selvagens — Pongo, o orangotango, Bouncy e Chooga, os chimpanzés, e B.G., o monstro maior — até lhe telefonarem para dizer que tudo bem, os fiscais federais já tinham quebrado a cara por não encontrar nenhum ape numa reserva que só tinha autorização para abrigar monkeys. Joaquim jamais ouvira falar nessa distinção, ape e monkey, não é tudo macaco? Pongo cofiava sua barba ruiva, Chooga estava aninhada nos braços de

Bouncy e B.G., bem, B.G. dormia quando ele embicou a van na entrada do retiro dos macacos e foi recebido como herói.

## A SAGRAÇÃO DA PRIMAVERA
(*REWIND & PLAY*)

A música inundou o quartinho de repente. Vinha de um system barato, uma música de violinos epilépticos e címbalos ferozes, e se imiscuiu no sonho do homem que dormia na cama de campanha para se tornar a trilha sonora de um pesadelo: uma guerra de mamona que degringolava em guerra de pedra, cada baita pedra, morria alguém. Pesadelo recorrente, baseado na infância do homem em Bicas, Minas Gerais — o menino morto era Hugo e era ele — mas nunca tão angustiante como agora, com aquela música dos infernos tocando para ninguém ouvir no quartinho dos fundos da casa de Mr. e Mrs. Cooper em Hialeah.

No sonho, ele morria e matava. Na vida não, de jeito nenhum: quem jogou a pedra foi o Léo Maluco. Acabou a música e entrou uma voz cava explicando que Stravinski tinha composto *A sagração da primavera* num frame of mind de lendas imemoriais, falando do sacrifício de virgens, pitada erudita que acrescentava à audição da peça um tempero muito especial, e então o homem, que vinha emergindo da goela do sono e de alguma forma já ouvia, fundindo-as à testa afundada de Hugo, aquelas palavras todas, sacrifício de virgens, frame of mind, o homem acordou de vez no instante em que a voz começava a dizer good morning, aqui é a sua WTMI, Classical in 93.1, Miami.

Acordou suado, sabendo de cara seu nome, e também que estava faminto, e ainda que naquele dia fazia trinta anos.

Para qualquer pessoa, fazer trinta anos passando fome seria uma experiência próxima da morte. Para Joaquim Nasser, fazer trinta anos em Miami, um idiota a mais no formigueiro de compatriotas tentando descobrir o bom da vida — mas justamente no que ela tem de ruim — era ainda pior. Igor Fyodorovich Stravinski deixou sua Rússia natal aos trinta e dois anos, lá ia o locutor, e acabou, of course, naturalizando-se americano. Of course, ecoou Nasser tomado de uma raiva difusa, e sentou-se na cama.

Não sabia o que estava fazendo em Miami. Essa angústia bastaria para torná-lo um pária, se outros motivos faltassem. Não faltavam: Nasser não era bonito; não tinha impulsos sexuais ao ver passar nas vitrines telefones celulares do tamanho de cartões de crédito; não era anabolizado; não deixava cair o queixo diante de condos pós-modernos imaginando a dimensão de renda necessária para catapultá-lo a um daqueles varandões; não era gay; não pagava os olhos da cara por milk-shakes do Planet Hollywood (na época tinha Planet Hollywood) na esperança de que Bruce Willis viesse até a mesa equilibrando a bandeja no queixo; não era otário. Além do mais, marginal entre os que mais o fossem, não se orgulhava de ser compatriota de Romero Britto, nem engolia que aqueles painéis debiloides materializassem, como muitos brasileiros queriam, o auge da realização pictórica desde Picasso. Não que fosse intelectual ou artista: apenas tinha algum senso, sabia que só uma mistura de caipirice atávica com excesso de sol no quengo explicava tão grave erro de julgamento estético.

A ninguém surpreenderá que, vivendo em Miami nesse estado de espírito, Joaquim Nasser não tivesse amigos. Ele se surpreendeu. Sol raiando sobre o sabadão, pôs-se de pé, olhou pela janela e viu as franjas de um abismo preto. Ver é o verbo: o abismo chegara ao quintal dos Cooper, aproximava-se lentamente. A borda do prato, devia gostar daquele negócio de rolar por sobre a borda do prato. Milhões de grãos conseguiam ficar dentro, ele sempre caía fora; era o próprio dropout. Dropout, bonita língua, mas enquanto assim tergiversava se viu pingando da borda do mundo — da família, do país — do universo e caindo lá embaixo, na corredeira do caos, com um tibum. Graças a Deus, dizia o locutor, a América está sempre de braços abertos. A orquestra do Tinhoso ainda soava, baixinho agora, fazendo cama para a voz cava. Junto com a raiva sem foco, Nasser sentia crescer a certeza de que, abandonando-se à corredeira, correria com ela na direção da queda. Acontecia em todos os filmes, isto é, todos os filmes que tinham corredeira.

Seguir a corredeira era o lema de vô Nasser, nascido em Damasco, morrido em Bicas. Fora uma longa, bonita corredeira. No fim não tinha abismo, mas um remanso confortável de águas mornas, a numerosa família em volta. Mérito do velho, claro, embora na época fosse fácil. O neto, esse, seria no máximo uma rápida sucessão hipereditada, *A sagração da primavera* ao fundo — ex-bancário, ex-estudante de Direito, ex-percussionista tijucano, ex-vendedor brasileiro para brasileiros em Miami, ex-garçom semiamericano, a essa altura se virando como motorista lúmpen, sem carro próprio e sem emprego fixo, autônomo no comando de viaturas alugadas por turistas compatriotas que — estranhamente, pois proliferavam como insetos — iam-lhe ficando cada vez mais raros. Eis como as duas condições, a de faminto e a de habitante de Miami, se entrelaçavam lindamente.

Já ao abrir os olhos sobre o travesseiro úmido, um moscardo americano dos mais taludos fazendo manobras de caça junto ao seu nariz, Nasser tinha descartado a possibilidade de fingir que aquele era um sábado como outro qualquer, do tipo que se passa na companhia de Elmore Leonard e nada mais. Pois bem. Feita essa escolha simples, precisou fugir apavorado, como um muambeiro do tira alfandegário, da ideia de ligar para Carolyn. Shit, Carolyn. Carolyn que lhe dera um greencard humilhante, pois nem com ele conseguia se arranjar, era como seus ex-parceiros no Limite Impossível, grupinho progressivo que fazia sucesso na Tijuca de seu tempo, ou como os amigos de infância em Bicas: a ex-mulher era como tudo, tudo eram águas passadas, enquanto as águas futuras não pareciam que iam ser, ou pareciam que não iam ser — o que não é a mesma coisa mas, nas circunstâncias, servia.

A América está sempre de braços abertos. Sempre. Nasser desligou o rádio.

Abriu a porta do quartinho alugado no quintal exíguo, ao lado da garagem. Levado pela corredeira, contornou o Chevy de Mr. Cooper e saiu cego, à beira de uma doença, estafa ou crime. No primeiro orelhão ligou para Bia Boom.

A MULATA
(*G-FUNCTION, EXPERIENCED USER ONLY*)

Bia Boom, nascida Berenice Eunice da Costa Cunha, entrou com seu shortinho jeans e suas pernas longas no Panatinaikos Cafe, na Dade Boulevard, e pediu uma coalhada. Gostava de tudo na coalhada, cor, textura, conotações sexuais, tudo. Comeu com volúpia e pediu outras duas. Sairia por mais de dez dólares seu café da manhã, calculou sem qualquer preocupação, apenas pelo prazer de confirmar que, desde que pertencia a Max, estava arranjada, tinha dinheiro para uma vida de muitas coalhadas.

O Panatinaikos seria um café grego ordinário se não fosse um detalhe, era cheio de espelhos. Bia gostava disso. Adorava se ver na T-shirt amarela, a cor quente contra o chocolate da pele, alto contraste — como o dos olhos, que se alegrou de descobrir ultrabrancos aquela manhã, brancos que nem dente de artista, que nem o leite talhado que engolia, e sem colírio. Terminada a terceira coalhada, tirou da bolsa seu par de patins in-line, preto e lustroso. Terminava de calçá-lo quando percebeu o garçom sacando suas pernas. Era porto-riquenho e declarou isso, em espanhol, como se ela tivesse manifestado interesse em sua nacionalidade ou religião.

— Y tu? Cubana?

Depondo na mesa a nota de dez e umas moedas, Bia estudou o sujeito. Vinte e poucos anos, gel no cabelo, bigode e cavanhaque. Até que morria, fácil, isto é, em outros tempos. Agora era de Max, e Max fazia questão de selecionar pessoalmente os homens para quem ela dava, essa era a primeira cláusula do contrato. A segunda cláusula era que isso nunca aconteceria senão diante de seus olhos ávidos. Para Bia, esta segunda era a prova de que Max, a seu jeito, a amava. Pondo-se de pé, projetou seus knockers tamanho M — soltos sob a camiseta amarela, uma inscrição qualquer em letras brancas que não se lia direito —, inclinou a cabeça de lado e sorriu de um modo tal que nem precisaria do espelho atrás do porto-riquenho para saber que estava linda.

— Já ouviu falar em cariocas? — disse.
— Está brincando? Na minha casa ou na sua?
Ela riu.
— Um dia, quem sabe?

Deslizando pela porta do Panatinaikos, na calçada fazendo um volteio gracioso para subir a Dade, coreografia perfeita, Bia pensou: desde quando era capaz daquilo, estar inteiramente dentro de seu corpo e ter ao mesmo tempo a perspectiva da cena, crispy? Desde o fim da adolescência pelo menos, os sábados de patinação na Lagoa em que a idiota Berenice Eunice tinha morrido para nascer Bia Boom, e de onde seu padrasto, o PM, a arrancara aos safanões certa tarde, apenas para perder definitivamente o controle de sua vida.

Lembrou-se de Argemiro batendo dois meses depois à porta do apartamento que ela passara a dividir com duas amigas na Prado Júnior — onde mais? Estava bêbado:

— Você dá pra todo mundo, eu quero também.
— Quem está aí — Tiffany veio lá de dentro, seguida por Lauriane.
— Meu padrasto — ela fez as apresentações.

Argemiro perdeu o pique. Foi embora com a risada dela — não a risadinha de Berenice Eunice, a gargalhada de Bia Boom — a persegui-lo escada abaixo como quero-queros enlouquecidos.

Foi então que fez o juramento. Não se lembrava se o céu era rubro e revolto nesse instante, mas disse:

— Hei de vencer!

Pois é, missão cumprida. Aproximava-se da fachada da drugstore na esquina de Dade com Alton, onde uma portinhola quase invisível a conduziria a dois lances de escada, e estes ao dois-quartos apertado que dividia com Patty, a stripper dominicana. Ou aquilo não era vencer na vida? Sim, verdade que Max Murray, executivo da Disney na área de animatronics, era um cara estranho. Mas, meu Deus, a amava, dizia com todas as letras:

— Come here, Bia love! (Max viera aos quinze anos da Austrália, com os pais.)

Max era restaurantes caros, roupas de grife, banhos de piscina em Ocean Boulevard. Max era o sexo infinito com quantos homens quisesse, inclusive, a lua permitindo, o próprio Max. Teve que se controlar para não sair rodopiando como uma Mary Tyler Moore hiperbronzeada, braços buscando o céu:

— I made it! Eu consegui!

Se tivesse ido direto para South Beach, onde planejava patinar a manhã inteira, teria perdido a ligação de Joaquim Nasser. Mas decidira subir para dar uns tapas primeiro — queria o mar mais verde, o céu mais azul — e foi assim que recebeu sobre a cabeça as nuvens negras do amigo. Pobre Joca. Sentiu muita pena: soava como um perfeito loser, tentando, sem a menor chance de sucesso, disfarçar o constrangimento de um sujeito capaz de ligar num sábado de manhã para avisar que estava fazendo trinta anos, será que ela queria passar o dia com ele?

Patético. Bia aceitou. Gostava de Joca desde os tempos da Prado Júnior, ele podia ser um loser mas era decente e, yes, gostoso. Razão suficiente para topar o convite do bodeado, desempregado amigo era saber que, no fim das contas, ele estava mesmo era atrás de sexo. E todo mundo não está? Acontece que o rapaz era raro: bem-aquinhoado, contido, faminto. As cláusulas de Max não se aplicavam aqui, não com alguém que ela conhecia há tantos anos, um ex-cliente querido com quem trombara por acaso em Miami. Embora Joca não precisasse saber disso por enquanto: que se roesse na incerteza do presente de aniversário.

No entanto, havia outra razão, ideia genial que lhe ocorreu no meio da conversa ao telefone. Primeiro, pensou em levar o amigo para transar na frente de Max, mas logo ponderou, Joca vai pirar. Então lembrou-se do comentário de Max sobre a vaga de tratador de macacos na reserva de um velhinho que vinha a ser um de seus business associates, reserva onde se aguardava a chegada de um macaco falante, um macaco falante que tornaria Max e seus sócios ainda mais ricos, provavelmente era algum tipo de código: uma reserva onde seria muito interessante plantar alguém de confiança.

O ENCONTRO
(*PLAY ON*)

Nasser já estava pessimista, mas certeza mesmo de que nada ia rolar com Bia Boom ele só teve quando seu mau humor azedou de vez o passeio, aquela irritação talvez exagerada com a insistência da amiga em se plantar feito uma árvore diante da casa de Gianni Versace. Uma árvore não, um abutre pousado na árvore, olhos varrendo a fachada glossy à espera do chispar de uma orelha, uma canela, um naco de carne ungida.

— Eu acho que vi a Isabella Rosselini. Com o Elton John.

Enfiada naquela T-shirt, ainda por cima: "This is not a Versace, but who cares?". As letras brancas sobre amarelo não se liam direito. Linda, escandalosamente linda: mais do que um outdoor, mais do que publicidade, mercadoria vendida. Puta. E linda. Ele ali pensando que SoBe era um tapume tridimensional, uma fraude de néon, ponta de lança da irrealidade maiâmica.

— Aquele não é o Sting?

Meia hora daquilo, ele não aguentou:

— Que micaço, hein, Bia! Coisa mais naíba.

Caminhando até a casa dela, cada um em sua bolha de silêncio ressentido, Nasser estava seguro de que nada ia rolar. Pensamentos sombrios zuniam-lhe na cabeça: o neoliberalismo ou que nome tenha essa merda que a Thatcher popularizou produz criminalidade como uma fábrica de parafuso produz parafuso, nem poderia ser diferente quando você pega a radicalização da publicidade e do marketing, a transformação do universo mental de quase todo mundo num império do desejo, e mistura com a tal de reengenharia, com sua política de desemprego estrutural; é como se você desse uma pistola automática para cada cidadão e dissesse, vá lá, seja feliz agora, satisfação imediata ou seu dinheiro (vida) de volta.

Não que fosse intelectual. Era apenas um pessimista, quer dizer, estava sempre certo.

Aconteceu, porém, que Patty não estava em casa, e Bia botou um CD do Roberto, e no quarto dela só cabia a cama. Logo rolavam sobre ela, Bia franqueando sua boca de sabor brasileiro à língua dele. O presente de aniversário. Meia hora depois, os dois fumando Lucky Strikes, ela falou, e mais tarde Nasser pensaria, como se um presente só não bastasse:

— Você tem experiência com macacos?


O. B.

No Dicionário Nasser, macaco tinha um único significado: Rita de Cássia. Aliás, era substantivo feminino, macaca. O começo da corredeira.

O escândalo provocado em Bicas por seu namoro com a moça negra de uma cidade próxima — macaca doméstica segundo a mãe, macaca nojenta para vô Nasser, macaquinha na preferência desdenhosa de vô Joaquim — aquilo veio envolto numa pantomima tão odiosa, tão má, que as consequências tinham ido muito além de estragar sua primeira paixão. O peso do racismo mineiro, que até então, ingenuamente, mal percebia, desabou-lhe em cima aos dezoito anos para mudar o curso de sua vida. Vô Nasser o acusou de traí-los, a eles todos, que tanto o tinham protegido no episódio do assassinato de Hugo. O jovem Joaquim respondeu que tinha sido o Léo Maluco, eles sabiam muito bem que ele mesmo não jogara pedra, só mamona.

— Mas levou ele com você para se proteger, sabendo que ele

era maluco — disse o avô. — Não vem bancar o santo, seu Joaquinzim.

— Isso é o senhor que está dizendo — respondeu Joaquim —, e é mentira.

O safanão do avô pegou-lhe em cheio o olho direito. A família tinha perdido a confiança nele. Ele perdeu o respeito pela família. Daí para a Tijuca foram dias. Rita não o acompanhou, deixou-se ficar em sua cidade, ainda menor do que Bicas, humilhada demais para continuar gostando dele. Nasser nunca decidiu se aquilo tinha sido uma fuga ou um enfrentamento, mas sempre que pensava no desproporcional poder do acaso sobre seu destino, lamentando que nunca, nunca tivesse as rédeas de qualquer situação, lembrava-se do encontro fortuito com a moça de Laranjal na exposição agropecuária de Leopoldina. A visão das coxas de Rita sob a minissaia branca dera-lhe uma tontura nunca antes sentida. E se naquela noite, ao abrir o guarda-roupa, ela tivesse optado por calças compridas, onde ele estaria agora?

Bem longe de Ocean Boulevard, com certeza, onde aquele Murray, amigo de Bia Boom, tinha sua mansão. Ocean Boulevard, Palm Beach: uma casa envidraçada no meio do verde, entre coqueiros-anões e arbustos folhudos que tentavam, com sucesso apenas parcial, encobrir a visão da piscina nos fundos, prévia azul do Atlântico estendido aos pés do declive arenoso e eivado de vegetação rasteira do quintal.

Nasser sentiu, contornando a casa para entrar pelos fundos, nenhum portão, o misto de respeito e despeito que lhe provocavam as evidências de dinheiro em excesso — por excesso entendendo-se aqui mais de mil vezes a renda dele, o que, a rigor, nem seria tanto assim.

Bia o apresentou do jeito dela, caliente, com algo de juvenil. O cara foi seco. Era um homem alto, um desses magros finos que, para compensar a estreita presença física, constroem uma razoável musculatura com muito ferro bombado. Devia ter quarenta e muitos anos mas aparentava trinta e poucos: cabelos longos bem-cuidados, brinco de brilhante pequenino na orelha

esquerda, bronzeado impecável. Vestia bermuda azul-marinho e camisão laranja com uma estampa de cavalos-marinhos estilizados, verdes, lembrando gafanhotos.
— Hablas inglés? — perguntou.
— Yeah — foi a resposta.
Sentaram-se à beira da piscina. Murray ficou acariciando as coxas de Bia enquanto vituperava contra os domingos e a folga de todos, faxineira, jardineiro, secretário particular; será que ela seria um anjo de preparar três piñas coladas? Bia saiu andando com aquela elegância de top model e meteu-se por uma porta de vidro.

Nasser olhou para os próprios pés sobre o piso de cerâmica vermelha, achando seu velho Nike preto churriado demais. O cara lhe perguntou se ele tinha experiência com animais.

— Tive miquinhos em casa quando criança — mentiu —, mais tarde trabalhei em circo.

— Dandy — disse Murray. — A reserva é pequena, de administração quase familiar, o capricho de um produtor aposentado de Hollywood chamado Sobel, Laszlo Sobel. Um velho excêntrico. Não prometo nada, mas uma indicação de Max Murray é uma indicação de Max Murray, você compreende?

Bia voltou com as três piñas coladas e um biquíni amarelo. O cara a agarrou e, em voz baixa mas nem de longe o suficiente para que Nasser, a três metros, não ouvisse tudo com clareza, iniciou o seguinte diálogo:
— Ele está dentro?
— Não.
— Por que não?
— Ele é meu amigo.
— Mais um motivo, ora.
— Não, Max, por favor.
Murray sacou um celular do tamanho de uma joaninha e chamou um táxi.

Nasser saiu pensando que devia desenvolver aquela história de circo.

O motorista se chamava Johnbull Obasanjo, leu na licença

afixada no painel. Era um negro forte de seus cinquenta anos, talvez mais, embora aparentasse muito menos, como ocorre frequentemente com os de sua raça. Tinha a cara larga atravessada por duas cicatrizes paralelas. Quando Nasser avisou que não podia pagar a corrida até Hialeah, disse apenas:

— Mr. Murray tem crédito.

Mr. Murray tinha crédito e ele, Johnbull, não tinha o menor senso de humor. Com um inglês rascante e lento, muito mais fácil de acompanhar do que a arenga pentelho-anasalada dos americanos, a certa altura explicou que as cicatrizes eram a marca dos guerreiros iorubás.

— Iorubás? Da Bahia?
— Da Nigéria. O que é Bahia?

Nasser mudou de assunto.

— Você conhece Mr. Murray há muito tempo?
— Sim.
— É uma boa pessoa?

O cara pensou um pouco.

— É uma pessoa rica.
— O que isso quer dizer?
— Que paga bem, dá gorjeta. Agora, se você me pergunta o que eu sinto por dentro, meu instinto, então sou obrigado a lhe dizer que Mr. Murray é um filho da puta.

Com a cara mais séria do mundo.

Nasser gostou de Johnbull Obasanjo. Sendo um guerreiro iorubá, devia entender de macaco pra caramba. Por mais curioso que estivesse, porém, não teve coragem de abordar o assunto. O cara podia se ofender.


ENQUANTO ISSO...
(*PME — PARALEL MENTAL EDITING*)

O executivo do setor de animatronics da Walt Disney Corporation ligou para The Guy e disse que tinha encontrado o sap, mas Bia não sabia o que queria dizer sap. Max levou o telefone móvel para outro cômodo, nunca ansioso para repartir informação, embora ela já tivesse servido de claque para discursos que falavam em megachoque de vida real numa era virtual, shows ao vivo com transmissão para o mundo inteiro — Max tinha, obviamente, grandes planos para aquele macaco.

Mas o que falaria o macaco falante?

Bia ainda não tivera uma oportunidade de abordar o assunto desde a partida do amigo brasileiro. Estava louca para descobrir, por trás da carapaça falsamente loquaz do namorado, o que ele achava de sua preciosa indicação. Queria ouvir os parabéns e também quais eram os planos para Joca.

Os esclarecimentos foram adiados mais uma vez quando Marvin Abdul chegou em sua moto.

— Oh yeah baby, oh yeah baby — ia dizendo Marvin.

Estavam no sofá, Bia Boom sentada de compasso aberto, o garoto de joelhos, um pouco afoito demais. Tentou acalmá-lo com uma carícia na orelha, shhh, os quadris resistindo um pouco mais agora, docemente fazendo Marvin ver que seria melhor se fossem assim, devagar e fundo, assim... Numa poltrona próxima, Max prestava atenção em cada gota de suor, suando muito também. Bia tinha o rosto de Marvin afundado na carne do ombro direito e encarava Max com dreamy eyes, feliz. Revirou os olhos.

—Agora! — disse Max, pulando da poltrona. Segurou o garoto pelos ombros e deu-lhe um arranco de cortar foda de cachorro.

— Hey!

Marvin caiu sobre uns almofadões próximos. Max tentava se livrar dos botões da bermuda, a pressa virando uma inimiga. Bia quis ajudá-lo, apenas para descobrir que era tarde. Max saiu chutando uma almofada.

— Motherfucker!

Marvin Abdul tinha ficado ali, caído de costas.

— Jesus Christ, man!

— Amen — respondeu Bia com a pronúncia deles, ei-men, e foi se sentar sobre o garoto.

Fechou os olhos e pensou em Joca. Joca no meio dos macacos. Ela transando com Joca e um macacão enorme, um ménage à trois interespécies. Mas antes de gozar — ai, eu vou morrer! — ocorreu-lhe de novo que aquilo que Max fizera não se faz, alguém podia acabar se machucando, e o pensamento lhe cortou um pouco as asas.

Dito e pronto. Quando os dois se reuniram a Max no home theater, rolando um Steely Dan, Marvin Abdul partiu para cima dele:

— Qual é o seu problema, man?

Bia gelou. Max, cool:

— Problema é o que você vai ter se abrir essa boca de novo.

— Qual é o problema dele? — Marvin se voltou para Bia. Ela fez um sinal indecifrável que pretendia significar vai com calma, cala a boca e vamos embora, tudo ao mesmo tempo, mas era tarde. Max Murray já apontava a carinha graciosa de uma pistola automática para o garoto.

— Saia dessa casa agora.

— Shit, man, estou indo.

— Não está indo rápido o bastante, seu sissy, scumbag, cocksucking nigger! Quem você pensa que é? Você não é nada, entendeu? Nada! Você é fucking nothing to me, entendeu?

— Ok, Max — Bia se interpôs — , ele está indo. See you, heh, Marvin?

Acompanhou o garoto lívido até a porta dos fundos. Reparou que ele tremia ao vestir o capacete. Um coice deu partida na moto.

— Fucking weirdo, man! Obrigado por nada — e arrancou.

— Fuck you too — gritou Bia.


QUASE RETIRO
(*ABRIDGED*)

Disse que tinha um mico em casa na infância, e que até hoje podiam-se ver macacos nas matas de sua cidade natal. Mencionou o circo de passagem, sugerindo um vago gorila sob seus cuidados, mas enfatizou que, sendo brasileiro, tinha a-lot--of-experience em sobrevivência na selva. O discurso era tão mentiroso que, se o pronunciasse, Fernando Collor de Mello coraria, mas Nasser chegou ao fim com garra, quase impávido. Emma, cinquentona que ele entendeu ser filha do patrão, parecia, além de anoréxica, inclinada a ausências, dando a impressão de não compreender a metade. Seria tão terrível seu inglês? Foi um estranho encontro, aquele, num pequeno escritório de um arranha-céu downtown. A mulher sorriu, parabéns, foi só. O emprego de tratador de macacos era dele.

Com parte do dinheiro adiantado por Dona Sobel, pagou o aluguel atrasado, e Dona Cooper ficou tão aliviada que serviu chá gelado com muffins.

— Tenho a sensação que este é o emprego certo para você.

O homem que o esperava na estação de Boca com a cartolina "Mr. Nazzer" disse a mesma coisa. Era seu segundo motorista negro em dois dias. Viva a diversidade africana, ele pensou, impressionado que dois negões do mesmo porte, da mesma idade, não pudessem ser mais diferentes. Esse tinha modos gentis. Chamava-se Ed Timberlain, era chofer e faz--tudo de Sobel. Flórida adentro, uma hora de viagem, foram proseando.

— Eu não entendo nada de macacos mas vou te contar, aquilo lá é um bando bem neurótico, todos malucos como gambás. Acho que sentem falta das câmeras.

Nasser disse que sabia. Resolveu acrescentar:

— Tenho muita experiência com psicologia animal.

— Suponho que no Brasil vocês sejam obrigados a ter — Ed falou.

Olhou para o cara. Dirigia com atenção profissional, educado, disposto a bater papo — claramente sem a intenção de ofendê-lo. Apenas achava, como todos os americanos, que o Brasil era uma África de Tarzan, só isso. Sorriu. Estava gostando daquela história de cuidar de macacos, todo mundo parecia acreditar que fora talhado para o papel. Bom inglês para quê, se ia lidar com bestas? Depois de tanto tempo de desajuste, pareceu-lhe que encontrava seu lugar na grande nação americana. Confirmou tudo:

— Você nem imagina... Ei, Ed?

— O quê?

— Pode me chamar de Joe.

Isso, Joe. Joe Nasser. Não era um mau nome para um herói leonardiano. No banco da van de vidro fumê, rumo ao futuro, o homem de Bicas sentia crescer sua afinidade espiritual com a estirpe de Joe LaBrava, Chili Palmer, Stick. Não saberia definir a sensação: pairava num estado alterado, talvez pela iminência de mergulhar num cenário perdido no meio dos pântanos e povoado por perfeitos estranhos, nem todos humanos. Pelo resto da viagem, dedicou-se a supor o que estariam pensando em seu lugar aqueles habitantes de uma Miami mais que real, companheiros de tantos dias de solidão. Quando saía o livro anual de Leonard, comprava-o ainda quente e ia direto à contracapa, atrás do nome da cidade. A maioria se passava em Miami. Às vezes vinha Detroit, e nem por isso deixava de ler com sofreguidão, mas o prazer não era o mesmo. Mantendo-se ao largo dos ímãs de brasileiros fincados na capital cucaracha, desprezando o consumismo deslumbrado das multidões, era talvez inevitável que Nasser precisasse se ver como membro de uma confraria mais esperta, mais profunda, e lá estavam eles, disfarçados de homens comuns, muitos tentando reconstruir a vida depois de algum tempo atrás das grades. Todos ao sabor do acaso — também eles presos em suas corredeiras — mas, meu Deus, como sabiam tirar proveito de situações que não tinham criado para passar a perna no destino corporificado em psicopatas, bandidinhos baratos e mulheres inescrupulosas...

Eis um projeto de vida, decidiu Nasser. Mas onde estavam os bandidos?

OS BANDIDOS
(*REWIND*)

Na noite daquele mesmo domingo, como que em retribuição por Joca, Max apresentou a Bia um amigo de Coral Gables que, em suas palavras, ela iria amar. Pois bem, ela odiou. Era um japonês cheio de tatuagens, Yuzaka ou coisa parecida. O que a deixou mais irritada foi lembrar-se de ter dito ao namorado, assim que começaram a se envolver, que topava tudo, até anão, mas japonês, de jeito nenhum. Mais tarde Max admitiu ter esquecido essa advertência, o que não o impediu de culpá-la do mesmo jeito. Tinha ficado furioso, depois arrasado. Bia não via motivo para aquilo: tivera algum tato, simulando uma indisposição súbita, qual era o big deal?

— O big deal — disse Max ao volante de seu Grand Cherokee preto, na viagem de volta de Coral Gables — você não ia entender se eu lhe dissesse qual é o big deal. Aquele homem que você esnobou é um dos meus sócios no projeto.

— O do macaco falante?

— Não diga isso.

— O quê?

— Essas duas palavras. Diga só projeto?

— Tudo bem.

— Sendo assim, você entende que é do meu interesse que aquele homem, aquele japonês, fique feliz?

— Entendo, Max. Para isso não faltarão putas.

— Olhe quem está falando! — ele rosnou. — Qual é o seu problema com os japas, afinal?

Max soltou a pergunta e ficou acelerando o carro num sinal vermelho, cada pisada uma cobrança, um rugido de tropas inteiras de cavalos. Qual o seu problema, afinal?

Ele parecia um senhor distinto, terno e gravata. Japonês. Era uma bonita tarde de terça-feira no Rio de Janeiro, setembro, no máximo trinta graus. Bia se lembrava: o céu de Copacabana uma grande tela azul, nuvem nenhuma. Assim que ela terminou de tirar a roupa, ele a imobilizou e amordaçou com grande facilidade. Lutava alguma daquelas merdas marciais, com certeza. Atou-a com o fio de nylon que trazia num dos bolsos da calça, do outro tirou um pequeno estojo preto de ferramentas prateadas: espátula, estilete, alicate, tesourinha, lanceta, ganchos, agulhas, anzóis.

Deixou-a duas horas depois. Inteira de corpo, exceto por alguns pequenos cortes, contusões leves. Mas estraçalhada.

Bia disse apenas:

— Um trauma, Max. Você já sentiu um desses traumas que destroem você, que fodem seu cérebro pra fora dos olhos?

— Jesus, Bee, eu espero que não! Mas vigie essa boca, kiddo.

Bia se aconchegou em seu peito.

— Você faz isso por mim, não faz? Me dispensa de dar pra japonês? Uma parte ínfima da população mundial, Max, se você pensar bem. O resto, pode mandar vir. Não é racismo, eu juro, é trauma. Você me ama, não ama?

— O que aconteceu? Algum deles enfiou um tamagochi no seu rabo ou o quê?

O brilho nos olhos de Bia se apagou. Ela se endireitou no banco do Cherokee. As luzes de Miami cintilavam na distância.

## O RETIRO DOS MACACOS ARTISTAS

A plaqueta sobre o portão de ferro era ilegível de ferrugem. Cruzando o portão, Ed Timberlain toureou a van por uma estradinha sinuosa entre canteiros maltratados, flores secas entremeadas de vinhas e insetos. Deram num sobrado em estilo colonial-americano, colunas altas sustentando varandas amplas. A casa, que um dia fora branca, recortava-se contra uma linha de mata fechada a se estender por bons cem metros, ou um campo de futebol ao comprido: um bosquezinho e tanto. Na placa de metal à entrada da casa, aí sim, o nome do lugar: *Close Relatives — Resthouse. Fundador, Laszlo Sobel.*

Foram recebidos por um jovem nerd, Dent, que falava desembestadamente e conduziu Nasser através do casarão até o quintal gramado, onde se viam uma piscina rasa, uma quadra de tênis em miniatura e brinquedos de parquinho à esquerda, um imenso galpão branco à direita. Dali se enfiaram na mata por uma trilha escorregadia, beirando um alagadiço. Desembocaram numa clareira e num cottagezinho simpático, suas novas acomodações.

Tudo isso, e nada de macaco.

— Eles estão pelo mato a essa hora. A maioria aparece para o almoço — Dent riu com dentes enormes, uma espinha madura no nariz. — Você vai gostar deles. Francamente, não sei por que ninguém para nesse emprego! Não fazem por mal, no sir, eu estou lhe dizendo.

O nerd se despediu antes que Nasser tivesse tempo de perguntar, fazem o quê?

Mas logo já não pensava nisso, pois começara a inspecionar a cabaninha, um quarto e sala com cozinha americana, banheiro compacto onde se encaixava miraculosamente uma banheira antiga, esmaltada, e foi ficando eufórico. Cama de casal no quarto, meu Deus, sofá confortável e TV na sala, micro-ondas na cozinha... Circulava fanaticamente pelo espaço exíguo. Era um lugar de gente, há quanto tempo não morava num lugar de gente — gente, no caso, de verdade, americana? Abriu os janelões e distinguiu bananeiras, palmitos. Pensou no sítio de vô Joaquim, o que restava das posses da família, terras minguadas das quais, certamente, não herdaria um só alqueire. Não que quisesse um alqueire. Ouviu, vindo de algum lugar, um barulho de água móvel sobre pedregulhos.

Seguir a corredeira, pensou. A história de sua vida.

Sentado na banheira, tirou a espuma dos olhos e viu o chimpanzé em cima da pia. Era um macaco pequeno, de expressão alegre.

— E aí, figura? Qual o seu nome?

O animal pegou seu creme de barbear novinho, comprado com o adiantamento dos patrões, encheu a mão de espuma e atirou em sua direção, errando o alvo. Ele retribuiu dando tapas na água, acertando. O bicho se agitou: empunhou o tubo de pasta de dente, desceu da pia e veio espremê-lo em sua cabeça. Nasser tentou se esquivar, mas sem sucesso.

— Cachorro!

Cabelos emplastrados de hortelã, esfregou vigorosamente o sabonete na cara do macaco, que saiu gritando porta afora.

Ele, aliás ela, era Chooga. Sua primeira amizade em Close Relatives.

Aquela tarde, vendo a macacada despachar o banquete de frutas e fibras no quintal, bichos grandes e pequenos, micos e chimpanzés se entupindo sem a menor cerimônia, Nasser contou a Dent o encontro no banheiro.

— Você fez isso? — o nerd deu uma gargalhada de fuinha. — É isso, homem! Esse é o espírito!

Foi então que ecoou aquela voz encorpada de mulher:

— Você está dizendo, Dent, que a terapia da agressividade é recomendável no caso de Chooga? Ou com todos os pacientes?

Quem falava atrás do rapazote com voz tão grande era uma loura pequena de cabelos escorridos e jaleco branco, traços bonitos sob o desglamour absoluto, boca e olhos muito redondos.

— Estou contente que pôde vir, Mr. Nasser — disse a mulher, estendendo-lhe a mão. Pronunciava Néser. — Eu sou Doctor Blanche Nichols.

— Como tem passado, doctor? Pode me chamar de Joe.

— Não tome isso como pessoal, Mr. Néser, mas prefiro chamá-lo de Mr. Néser.

— Ok. Eu não vou chorar.

Dent riu. Doc Nichols, não: estreitou os grandes olhos azuis.

— Talvez vá, Mr. Néser. Sempre existe a possibilidade.

— Ei Blanche, não o mate de susto, tá? — Dent interveio com uma falta de deferência que surpreendeu Nasser: Hey Blanche, don't scare him to death, ok? — Ele parece um cara legal.

— Não estou assustado — teve a presença de espírito de dizer —, estou me apresentando, pronto para ouvir suas ordens, doctor.

— Venha comigo. Dent está dispensado por hoje.

O nerd fez uma careta.

— Por que insiste em chamá-los de pacientes, Blanche? Não estão doentes.

— Oh yes they are — disse a mulher.


THE BOOK IS UNDER THE TABLE
(*X-RATED*)

— A médica-chefe, Blanche Nichols, é uma porra-louca PC — disse Max.

— PC, essa merda de Politicamente Correto? Que bando de chatos... — respondeu The Guy.

Tomavam dry martinis numa das salas íntimas do The Forge, o restaurante-museu. Matavam o tempo enquanto auxiliares discretos cuidavam de providenciar o salmão norueguês sobre leito de vegetais com vinagrete de espinafre que abateriam em seguida, instalados a uma mesa alta, entre relíquias de antiquário. Aquele lustre esteve na Casa Branca de James Madison, dissera The Guy, o que soava terrivelmente importante, embora Bia jamais tivesse ouvido falar em James Madison — um cantor folk, talvez? Parecia haver poucas salas ocupadas àquela hora, quatro da tarde de uma quinta-feira no The Forge. A certa altura, olhando para um nu art noveau, uma mulher vaporosa em vidro e bronze, Bia pensou, eu consegui.

Era a primeira vez que via The Guy, e estava surpresa. Imaginara o homem como um chefão da máfia, ora Marlon Brando, ora Al Pacino — dois extremos, na verdade, ela oscilando ali, em sua falta de informação. O chefe real era diferente, corpulento, com algo de urso, simpaticamente viril. Entrado nos sessenta, barrigudo, aparentava ser bom copo, conversador.

— Em Fresno, Califórnia, uma dona dessa raça PC que é

chefe de obras públicas está obrigando as indústrias a trocar suas chaminés por estruturas em forma de trompas de Falópio. Vocês sabiam disso? Podem rir, é a pura verdade. A louca está pondo abaixo todos aqueles falos gigantescos, monumentos óbvios ao poder do Pênis Pálido, e trocando-os por obras de engenharia infinitamente mais graciosas, ainda que sejamos forçados a reconhecer seu desempenho desastroso no que diz respeito à funcionalidade. Vocês não sabiam? É a pura verdade — e The Guy deu um sorriso triste: — Bah, eu digo.

— Você está absolutamente certo — disse Max. — É por isso que eu não confio nessa médica de animais.

— É claro que você não confia — o chefão foi brusco. — Não confiamos em ninguém naquela casa de loucos. Não precisamos confiar. Assim que a encomenda chegar do Quênia, eles podem todos ir se foder que eu não dou um tostão furado.

Bia resolveu ousar:

— E o meu amigo brasileiro, como fica?

Max adotou uma expressão contrariada. The Guy não se abalou. Imprimindo à voz um tom gentil, disse:

— Minha querida, uh, Bia, eu vinha pensando em lhe pedir um favor desde que chegamos: queira entrar embaixo da mesa e fazer um bom trabalho, sim?

Ela olhou para Max. Seu namorado sorria, radiante, parecendo emocionado.

Foi fácil se mexer lá embaixo. A mesa era ampla, a toalha longa a protegia por todos os lados. Ficou surpresa de ver que The Guy já estava pronto, com uma belíssima ereção para a idade dele. Seu pau era rosado e bem maior do que a média, vinte centímetros pelo menos.

Bia pensou, depois eles vão me falar do Joca, eu faço eles me falarem do Joca. E transformou a sessão furtiva no The Forge numa enciclopédia universal do boquete, verbete após verbete exposto e demonstrado com vagar e carinho. Percebia indistintamente o grande chefe a conversar com Max como se nada estivesse acontecendo, falando que precisavam de um plano B para o caso do esquema sap falhar, mas sabia — pelo que se passava nas entranhas do homem, e que ela podia até ouvir — que o verdadeiro The Guy estava ali, inteiro em suas mãos e em sua boca, e o que dizia coisas ao seu namorado e pedia ao garçom uma garrafa de vinho não passava de uma máscara social vazia.

— Vai ser um terrível desperdício — disse The Guy a certa altura, mas Bia não prestava atenção.

FRÍGIDA, TALVEZ?
(*THE-OTHER-GIRL FUNCTION*)

A primeira impressão que Nasser teve da Dra. Blanche Nichols — um monstro capaz de abrir o ventre de cem pandas vivos para arrancar-lhes o pâncreas sem ao menos piscar, caso a carnificina lhe acenasse com a mais remota possibilidade de conduzir à cura da sinusite — corrigiu-se e acabou por se tornar definitivamente complexa no dia seguinte, ao longo do passeio que fizeram pela reserva.

Foi levado por ela ao amplo galpão caiado que vira na véspera, à direita do terreno nos fundos do casarão. Entraram pela porta de ferro de aparência industrial numa amplidão entrecortada de divisórias, um labirinto. Passaram pelo fliperama, onde um mandril de nariz muito vermelho dava tabefes numa máquina tilintante, babando a cada tapa. Um boliche vazio. Cruzaram a quadra de basquete, onde três micos faziam a mímica do jogo com uma bola de tênis. Deram numa porta de madeira aparente, que a mulher abriu. Nasser entrou primeiro, no escuro. Ela, vindo atrás dele, acendeu a luz.

Viu-se num auditório de seus quarenta lugares, dominado pela textura fugidia de um telão de vídeo. Só quando a mulher, passando por ele, acendeu outro jogo de lâmpadas, compreendeu que o auditório era também um arquivo. A parede ao fundo da sala exibia do chão ao teto estantes cheias de lombadas, uma escada de boticário sobre trilhos niquelados. Um cheiro estranho pairava no ar. Um cheiro de macaco.

— Uma biblioteca — disse Nasser.
— Uma videoteca — corrigiu Doc Nichols.
Passaram horas vendo desfilar a carreira de Chooga. Publicidade, dramas, visitas a programas de auditório, tudo, até, lamentavelmente, *Monkey Around*, uma série de curtíssima duração em que ela fazia a parceira de um policial bonitão mas atrapalhado, com quem patrulhava as ruas de Los Angeles. Deveria ser uma comédia. Era deprimente. Ainda assim, nos interstícios daquele show de incompetência de todos os envolvidos na atividade de filmar um filminho, ainda assim se podia ver aqui e ali o que fazia de Chooga, Chooga. Uma estrela.
— Ela é adorável, não é?
— Lovely — confirmou Nasser. — Lovely Chooga.
— E louca.
— O quê?
Doc Nichols produziu um controle remoto e interrompeu a sessão. Ficaram na penumbra, ela a espetá-lo com aqueles grandes botões translúcidos, azuis como nada. Por fim, falou:
— Chooga tem nove anos, Mr. Néser. É uma chimpanzé jovem. Se aposentou por insanidade mental. Era uma estrela da publicidade desde bebê. De repente vieram os surtos: nos ensaios, perfeita; batida a claquete, esquecia tudo, jogando bananas para cima como uma malabarista trapalhona, por exemplo, quando o script mandasse comê-las.
— Não me parece um gesto tão louco — disse Nasser. — Ela pode ter sido esperta o suficiente para forçar a própria aposentadoria, e nesse caso, Doctor Nichols, eu teria que lhe dar razão.
Ela sorriu. Era a primeira vez que fazia isso. Ficava mais bonita sorrindo.
— Então é tudo verdade, os brasileiros são românticos...
— Nem todos.
— Eu compreendo essa posição, creia-me, Mr. Néser, mas tenho certeza que o senhor compreenderá a minha. São todos loucos, isto é, tornados loucos pelo homem. Vítimas do homem.

Louca parecia ela, pensou em responder.

— Neuróticos, quase todos. Psicóticos, potencialmente perigosos, alguns. Dois casos de autismo. Nossa lovely Chooga é maníaco-depressiva. Não se preocupe. Os casos mais graves são mantidos sob monitoramento constante, as drogas pertinentes ministradas com pontualidade. Sou uma profissional, como você também é, Mr. Néser. Por isso tenho a obrigação de lhe dizer que, por melhor que você fosse com os macacos do Brasil, Close Relatives é uma realidade nova. Nenhum desses macacos teve, nem de perto, uma existência normal e saudável. Alguns passaram a maior parte da vida sem conhecer mato a não ser pelas florestas de plástico de um estúdio. São um subproduto descartável da maior indústria cinematográfica do planeta, vítimas dessa indústria. Entenda, Mr. Néser, esses animais foram adestrados, mimados, subornados, vestidos, perfumados, ensinados a fazer papel de palhaço, beberam uísque, fumaram maconha, foram reis, e hoje não são nada. Lidar com eles pode ser muito complicado.

Very, very tricky. Com o jaleco a emoldurar sua figura miúda, lábios polpudos que pareciam nunca ter visto um batom, a certa altura Doc Nichols lhe pareceu tão esquecida de si, tão dedicada aos hóspedes de Close Relatives, que sentiu um ímpeto quase incontrolável de comê-la com alguma violência ali mesmo, na poltrona do auditório. Ela seguiu explicando em detalhes — sim, tomava Nasser por alguém que entendia de animais — sua opção por terapias ocupacionais como esportes, joguinhos, passeios de van e sessões de cinema no auditório onde estavam agora. Isso explicava o futum.

— Ver os próprios filmes os diverte, lhes dá uma grande paz e um grande prazer — disse a loura. — Menos, claro, *alguns* dos filmes. Vê aquele trecho em que as lombadas são vermelhas? Aqueles, Mr. Néser, os pacientes não podem ver em circunstância alguma.

— Por quê? Qual o problema com eles?

— Diversos. Violência, comportamento antissocial, sexo...

— Sexo? Jesus Cristo! Você quer dizer, entre seres humanos e macacos?

— A maior parte do tempo o problema é só violência — disse a psicóloga de símios, desviando os olhos. — Coisas como *Os crimes da Rua Morgue*, estrelando Pongo, o orangotango.

— E por que vocês guardam as fitas?

Ela deu seu segundo sorriso para Nasser. Este não tão bonito, meio professoral, ele achou.

— Porque somos uma instituição de saber, mais do que um asilo, Mr. Néser. Mr. Lazlo Sobel é um homem sábio e bom. Cuida, por gratidão, da velhice dos macacos que o ajudaram a se tornar um rico produtor de Hollywood, mas também vê a questão pelo ângulo da cultura, armazenando data para o dia em que alguém que ainda não nasceu resolva estudar a história dos símios artistas e seu papel na indústria de entretenimento do Ocidente.

Será que havia ironia ali, em algum lugar? Nasser concluiu que não.

— Só uma pergunta — disse —, Lazslo Sobel produziu também os filmes de lombada vermelha, os de sexo e violência?

Doc Nichols arregalou os olhos.

— Of course not! — sua voz graúda ficou reverberando no auditório. — Que pergunta!

Foi a vez de Joaquim Nasser sorrir. Tinha passado aquela vontade.


THE AMAZING INTERLACED BIT
(*A MODEST PROPOSAL*)

A primeira vez que Nasser pensou em ir embora do Brasil foi quando Caetano Veloso entrevistou Mick Jagger no *Conexão Internacional*. O grande artista e por que não dizer intelectual brasileiro parecia uma fazoca confusa diante do Devil Himself, e a certa altura lhe perguntou se ele se considerava uma pessoa tolerante. "Sou muito tolerante com sul-americanos", disse o popstar, and got away with it, safou-se sem um arranhão. Mais uma vez Nasser, criado na ditadura, tinha vergonha de nossa situação na cena mundial, mas agora lhe parecia urgente fazer alguma coisa a respeito. Nunca se esqueceu da decisão tomada, e do sentimento que o levou a tomá-la, embora só viesse a cumprir a sentença muitos anos depois e inteiramente por acaso, ao se apaixonar por uma tiete descabelada do Limite Impossível — Carolyn, pois é.

A primeira vez que Bia pensou em ir embora do Brasil foi quando lhe ofereceram um emprego de garçonete de cruzeiro no Caribe. Morria de saudade de tudo, feijão preto, guaraná Antarctica, farinha de mandioca, o de sempre. Mas se divertiu a valer, conheceu gente e ganhou um bocado de dinheiro, o que compensava com folgas a total inexistência das chupetas culinárias de nossos compatriotas. Escrevia para as irmãs e a mãe, mas nunca tinha endereço para resposta. Aprendeu inglês, e espanhol era mole. Apaixonou-se por um italiano e foi com ele para Amsterdã. Brigou com o italiano. Quase caiu na armadilha de um caçador árabe de escravas sexuais, escapou na última hora: veio-lhe uma centelha de gênio e ela fugiu da estação de trem enquanto ele comprava dois bilhetes para algum lugar, indo se esconder na casa de uma amiga brasileira que estava de viagem marcada para Miami, e aí —

A primeira vez que Lazslo Sobel pensou em ir embora da Hungria foi em 1944, quando as divisões de Hitler entraram pela fronteira. Sim, os magiares eram cupinchas dos alemães, mas a essa altura, o barco do Eixo fazendo água por toda a Europa, não se podia confiar em mais ninguém: o objetivo da ocupação era evitar que o país se rendesse aos Aliados. Ou era esse seu lado útil. Tinha também o agradável: os nazistas enfim punham as mãos nos judeus húngaros, protegidos até ali pela teimosia de seu governante, Miklós Horthy, que no fundo era um antissemita de meia-tigela.

Max, ao volante do carro, contava a história com empolgação. Bia olhou pela janela e viu um outdoor que dizia: Bake'm good!

Daquele meio milhão de danados remetidos de última hora para Auschwitz faziam parte papai e mamãe Sobel. É aí que vem o miraculoso: o jovem Laszlo, por razões que permanecem obscuras, caiu nas graças de um certo capitão Kreutz, que o deixou fugir. E — veja-se a sorte do diabo do rapaz — descolou vaga como tratador de chimpanzés num circo que estava de malas prontas para, secretamente e não sem enormes riscos, tentar chegar à América.

Quando Blanche Nichols lhe falou do ensaio de Bettelheim, Nasser tentou relacionar aquilo com sua própria experiência: se era possível traduzir um estudo sobre os traumas espirituais adquiridos em campos de concentração para o universo dos macacos artistas, atribuindo-lhes traumas adquiridos nas sessões de condicionamento pavloviano, então a coisa havia de necessariamente se aplicar também aos traumas adquiridos por imigrantes em geral — de qualquer nacionalidade, em qualquer terra — em suas nuvens de pequenas e grandes humilhações rotineiras.

Só mais tarde ponderou, certo, mas será que isso vale para Miami, onde estrangeiros são todos? Estava feliz, ou algo perto disso, no retiro dos macacos artistas. Os conflitos pareciam diluídos, a corredeira represada num açude. Gostava de cuidar dos bichos, brincar com eles; mostrava até certa vocação para a coisa, o que nunca cessava de surpreendê-lo. Tinha simpatia por Sebastian, o mandril, ex-garoto-propaganda de uma famosa linha de cosméticos, por Squirrel e Oliver, miquinhos de Belize de tantos realejos, e pelos maiores principalmente, o ruivão Pongo e o grisalho Bouncy. No trato com ele os dois macacões eram figuras suaves, quase polidas, para o que certamente não contribuía pouco sua idade avançada. Nasser só não chegava perto de B.G., quarenta e dois anos, velho mas nem por isso menos assustador, o único a viver cercado. Mesmo o gorila, porém, participava com entusiasmo das aulas de percussão que ele introduzira no currículo de Close Relatives. A violência estava sob controle. A América, de braços abertos. Nada de ruim ia acontecer, afinal.

Mas Bia foi com Max a Orlando para uma convenção da Disney e, justo no dia da apresentação dele perante o conselho, enrabichou-se — entre outras variações de prefixo e sufixo — de um sueco enorme. A ideia foi, por que não abrir mais uma exceção àquelas cláusulas? Na mesma hora em que Bia desmaiava de prazer sobre seu apolo cor-de-rosa, Murray fazia um discurso que, a todos os presentes, pareceu um tiro no próprio pé, embora fosse apenas o início de uma revolução:

— Animatronics? Muito bom. Fabuloso. Parece tão... real, não é mesmo? Pensem até onde podemos ir: milhões de micromúsculos controlados por um supercomputador, uma criatura com a expressividade facial de trezentos mil David Lettermen. Estupendo, e então vem... o quê? Qual é o bottom line? Bem, me parece que o bottom line é ser, não ser. Isso é real, aquilo não é real. Estatutos diferentes. (...) Nenhuma violência é mais violenta do que a violência real, não importa o que o pessoal de Efeitos Especiais bole. (...) É sabido, as pesquisas mostram isso, que as pessoas estão começando a se encher da onda virtual. Eu proponho recuperar o fetiche do que existe de fato, a aura da vida. Eu digo que as pessoas lá fora vão enlouquecer se lhes dermos um produto pop que faça um décimo das piruetas que os nossos fazem, mas que tenha em sua constituição dez vezes mais verdade.

Foi o primeiro filme de lombada vermelha que viu, *Os crimes da Rua Morgue*. Claro, porque a doutora o mencionara. E por que não ele? Não chegava a ser bom. Arrastava-se penosamente até o meio, quando então as cenas de violência, enfim tornadas visíveis pelas deduções do detetive, deixavam o resto bastante animado. Algumas tomadas eram mesmo excelentes, como a da lareira, a mulher brutalmente socada chaminé acima. Pongo se saía com uma forte interpretação realista. Nasser achou engraçado que a música escolhida para os momentos de clímax do orangotango assassino fosse *A sagração da primavera*, a do sacrifício de virgens, que o despertara no aniversário. Lembrou-se do sonho recorrente, a morte de Hugo, até que ponto era culpado? Quando arrastou Léo Maluco para a batalha previamente combinada, mentindo que Hugo xingara a mãe dele também, como podia adivinhar que o cara ia jogar pedra até matar?

Desviou o pensamento daquilo. Grande aniversário, quando os macacos entraram em sua vida. Ligou para Bia Boom, mas tudo o que conseguiu foi falar com Patty, a stripper dominicana. Obrigou-a a anotar o endereço de Close Relatives e jurar que daria o recado a Bia: que viesse visitá-lo, sentia falta dela.

## UM HERÓI AMERICANO

Joaquim Nasser tomou café cedo em seu cottage — pão de forma, ovos mexidos na manteiga, Nescafé extraforte — e desceu até o casarão. O jovem Dent estava esparramado numa das cadeiras de lona do alpendre. Tinha diante dos olhos, sobre a mesinha, uma garrafa escura, sem rótulo, e um copo meio cheio de um líquido castanho. Parecia, parecia não, estava bêbado. Caramba, oito da manhã e o nerd, mamado — já? ainda? O termômetro na parede do alpendre falava em noventa e três graus.

Nasser foi pescar folhas na piscina. A atividade é aparentemente indolor, mas quem já manejou um daqueles bambus de oito metros com uma redezinha na ponta sabe que as aparências enganam. O suor lhe escorria dos cabelos, ferindo os olhos. Concentrado na dura faina, só percebeu a presença de Blanche Nichols quando ela estava à sua frente. Olhos azuis mais claros do que nunca, nariz fino em contraste com os lábios gordinhos, convocava-o para uma reunião na sala de Laszlo Sobel.

Ficou nervoso. Nunca tinha visto o velho. Ela o conduziu ao segundo andar do casarão e abriu a porta.

Seu primeiro impulso foi sorrir: sorrir das peles de zebra e onça sobre estrados de bambu, dos tapetes de sisal atravessados no assoalho, das fotos de safári em molduras de marfim se acotovelando com estatuetas de ébano sobre mesinhas toscas. Uma emplumada coleção indígena nas paredes. Através das persianas de madeira clara, o sol inundando a varanda lá fora penetrava no santuário em grossas fatias horizontais.

Ed Timberlain e um incerto Dent já estavam lá, de pé a uma janela. No centro da sala, Laszlo Sobel era uma espécie de Sean Connery envelhecido, preso à sua cadeira de rodas. Nasser cumprimentou o patrão com a cabeça. Ninguém se preocupara com apresentações. Por alguns instantes, ficou tão impressionado com o ambiente e com a cadeira de rodas — como podia não saber dela? — que deixou de notar as fisionomias tensas. Havia pressa, ninguém parou para explicar nada. Entendeu que os fiscais chegariam a qualquer momento, isso era fácil, mas que fiscais? Dent perguntou o que tinha havido com o velho acordo.

— Continua de pé — disse Sobel. — Até onde sei, o dinheiro foi pago.

Nasser notou que o velho dirigia um olhar perfurante ao motorista. Teve pena de Ed Timberlain.

— Mas isso se vê depois. O trabalho agora é esconder os hóspedes.

A proposta de levá-los para um passeio de van partiu de Blanche Nichols. Nasser não tinha elementos para julgar mas, do silêncio elétrico inaugurado pela ideia, deduziu que era excelente. Os olhares convergiram para Timberlain. O motorista começou a chorar:

— Não me obrigue a fazer isso, Mr. Sobel! Eu sou um covarde!

Então Nasser disse:

— Eu dirijo.

Não sabia o que estava dizendo. Quando descobriu, achou que já não podia voltar atrás e seguiu adiante um tanto mecanicamente, fascinado pelo abismo. O que tinha a perder, além de tudo? Chooga estava feliz: saltitava no banco, ora abraçando Bouncy, entre guinchos, ora colando o nariz no vidro da janela para absorver a paisagem. Pongo manteve-se taciturno, talvez filosófico, coçando os longos pelos da barriga esbranquiçada como se compreendesse que a liberdade, no fundo, não passa de ilusão. B.G. fora acomodado no último banco, o mais afastado possível do motorista, e Nasser consultava a todo instante o retrovisor, esperando o momento em que o gorilão magnífico saltaria sobre os colegas para esmagar sua cabeça contra o volante numa só tapona de manopla. Quinze minutos daquilo, notou que o bicho estava imóvel. Olhos fechados, boca aberta. Dormia.

B.G. permanecia em sua inimaginável realidade paralela quando Nasser meteu a van pela estradinha de acesso à sede. Até Sobel o aguardava no alpendre. Desceu do carro sob uma chuva de aplausos. Flutuava.

Conversando com Blanche Nichols no quintal, aquela noite, contou ter demorado a entender que faltava a Close Relatives a licença para abrigar apes, embora pudesse ter monkeys à vontade. Sentia um forte interesse nessa distinção entre palavras que julgara sinônimas. A mulher falou de zoologia e semântica com vivacidade, talvez até com prazer. A certa altura contou que em poucos dias estariam recebendo mais um ape, um chimpanzé que, diziam, um treinador extraordinário ensinara a falar. Riram muito.

— Pode me chamar de Blanche, Mr. Néser — disse ela.

— Só se você me chamar de Joe — ele respondeu.


DJAVAN
(*ALTERNATIVE SOUNDTRACK*)

Ela veio três dias depois: magra, olheiras pálidas, olhar tresvairado, cheia de hematomas. Chegou de táxi, ninguém viu, e deixou-se conduzir à cabana em silêncio. No princípio não falava. Nasser sofria fisicamente só de imaginar o que tinha passado sua Bia Boom.

— Me diz quem! — exigiu.

Teve que insistir. Por fim, cobrindo o rosto com as mãos, ela falou:

— Max.

Articulou a história com dificuldade. Japoneses. Uma curra ultraviolenta. Aparentemente, tinha levado uma pancada forte na cabeça e desmaiado, o que os fez pensar que estivesse morta.

O fato é que decidiram desovar o corpo num buraco pantanoso qualquer. Uns catadores de caranguejo que passavam pelo local, pai e filho, a resgataram. Fartaram-se nela, foi nojento, mas foi sua salvação também. Conseguiu bater uma carteira, e ali estava. Ela e seu olhar perdido.

Começou a chorar. Nasser desencavou um velho Djavan, o que de alguma forma deu certo, porque ela parou de chorar e cantou junto, sentida, com intensidade:

*Tudo o que se passa aqui não passa de um naufrágio*
*Eu me criei no mar e foi lá que eu aprendi a nadar*
*Pra nada, eu aprendi pra nada* — um soluço a interrompeu. Chorou até dormir, Nasser a segurá-la nos braços.

Depois de acomodar a amiga na cama, saiu de casa trôpego. No caminho, pegou o facão que mantinha pendurado ao lado da porta e avançou sobre um grupo de bananeiras jovens, ainda sem bananas, que vinham crescendo ao lado da cabana. Envolveu-se num redemoinho de pendões, nacos de polpa e retalhos de folhagem. Quando a nuvem baixou, pouco restava das bananeiras. Exaurido, caiu de joelhos, soluçando.

Chooga e Pongo o fitavam de dentro da mata, a uma distância cautelosa.

Custou a dormir e, ao acordar, ela se fora. O bilhete de suicida estava sob a xícara da mesa posta para o café. "Não aguento mais. Eu amava ele. Vou nadar até em casa. Obrigada, desculpe." Mais tarde, ocorreria a Nasser que a última coisa que Bia fez na vida, de fazer mesmo, foi pôr a mesa do café para ele. A polícia de Boca encontrou sua roupa à beira-mar em Red Reef. Do corpo nem sinal.

No sonho, Bia Boom era uma ilha flutuante, estendia-se por milhas, obstruindo como um coágulo o acesso das frotas atarefadas ao Golfo do México. Gaivotas faziam ninho em suas concavidades, cabelos roçando mexilhões, colônias de algas nas narinas. Viu multidões de cubanos palmilhando sua barriga até Miami, e então viu Bia pegando uma corrente marinha, iceberg mulato com sede de Sul, e todos aqueles cardumes de peixes migratórios fazendo as vezes de cauda e barbatana a ajudá-la nas manobras de dobrar a barra e adentrar uma gentil, azulácea Baía de Guanabara, de onde nunca nunca nunca nunca deveria ter saído.

## A LEI DA SELVA
## (*BOOSTER ON*)

Em sua casa usava-se um velho aquecedor a gás. Ao acordar um dia, morto de sono — tinha dezesseis anos, era domingo —, Nasser ficou uma hora ou mais olhando para as duas torneiras idênticas do chuveiro, pelado, tentando decidir qual era a quente. Não havia botões, cores, letras, nada que distinguisse uma da outra, e no entanto ele as vinha usando a vida inteira, sem problema algum. Nasser era turrão, e, admita-se, intelectualmente íntegro: recusou-se a realizar o experimento que teria decidido a questão num segundo, abrir qualquer torneira. Precisava *saber*. Acabou tirando uma conclusão para o resto da vida. Ele *sabia* qual era a torneira quente. Todo o mal era que se perdera por uma fração de segundo desse saber profundo, inconsciente, e tentara pensar sobre o assunto. Agora, quanto mais pensasse, menos saberia.

Do episódio, derivou um certo pé-atrás com a reflexão, e deste um código pessoal de tomada de decisões que o faria desembocar no que se sabe, aquilo que ele chama de corredeira. Pois foi certamente a corredeira que o levou à loja de CDs em Boca, seção de clássicos, atrás de Stravinski. O plano mal concebido, e já completo.

(Quando, naquele crucial domingo adolescente, enfim se lembrou que a torneira quente era a da esquerda, descobriu que estavam ambas frias — acabara o gás. Na época ainda não tinha corredeira.)

Domingo era o dia em que Max Murray maldizia o mundo por não contar com ninguém, secretário particular, copeira etc. Nasser ligou o som já na estrada, ao avistar a casa. Pongo se agitou no banco de trás.

Conseguiu driblar os coqueiros-anões do jardim e levar a

van até os fundos. Max Murray estava deitado numa espreguiçadeira ao lado da piscina, só de sunguinha. Ao ver o carro de vidro fumê avançando sobre seu gramado, começou a se sentar lentamente, num tremendo esforço para parecer cool. Nasser triplicou o volume dos violinos epilépticos e címbalos ferozes antes de saltar e partir para cima do cara.

Murray se pôs de pé num pulo e abriu o compasso das pernas, mãos em postura de kung fu. Cacete, e agora?, foi só o que Nasser teve tempo de pensar, antes que um pé na barriga o esvaziasse de todo o vento. Caiu de costas no gramado, cego.

Não conseguia respirar. Pudera, uma pedrada na testa... Era o fim, o fim. A primeira coisa que viu, quando voltou a enxergar, foi a fronte verde de Hugo, o vale impresso ali. O que era aquilo batendo tão forte, seu coração?

Não. Era Pongo que socava a cabeça do homem na cerâmica vermelha — dez, quinze, trinta vezes. Urrava seu desagrado, como no filme. Os gemidos do executivo da Disney havia muito tinham sumido num gorgolejo, depois no silêncio. Ao som de uma composição escandalosa em 1913 e ainda estranha então, às vésperas de 2000, Nasser viu miolos escorrendo do crânio rachado para dentro da piscina e viu a loura que, voltando da cozinha, fones no ouvido, aparecia na porta com um long drink azul em cada mão.

— Good Lord!

O barulho dos copos se espatifando no chão ouriçou Pongo, que largou o cadáver ensanguentado e se pôs nas patas traseiras, um grito primitivo de vitória ecoando até Nassau. A mulher deu meia-volta e sumiu casa adentro. No rastro de seu berro insano seguiu o orangotango. Nasser tentou gritar, mas o que lhe saiu da garganta foi mais um sussurro:

— Pongo, não.

Seria inútil, de qualquer maneira. O bicho vira seu próprio filme.

## O MACACO FALANTE
(*THE END*)

O nome da loura era Nicole Faraday-Cobb. Era inglesa, um misto de modelo e garota de programa de alto nível, segundo os repórteres. Seu belo corpo fora enfiado por Pongo na coifa italiana que Murray tinha em sua cozinha, de aço escovado, sobre o fogão alemão — enfiado mesmo, à custa de quantas fraturas fossem necessárias, como ao se passar batata chips por um funil. Uma lástima. Mas isso Nasser só saberia depois, por jornais e TV.

Na hora, ocorreu-lhe finalmente desligar a música. O orangotango reapareceu, entrou no carro. Voltaram para casa em silêncio. Imagens de Hugo e Murray se intercambiavam diante de seus olhos, sobre a tela do asfalto que a van ia comendo. A corredeira chegava ao fim, sentia a cada curva. Ali, depois daquela, vinha a catarata, a queda. Não veio? Na próxima, então. Já podia ouvi-la trovejar.

Passou dias esperando a polícia, mas ela não apareceu. Lia todos os jornais, ninguém falava em macaco. Sim, encontraram pelos, mas caramba, havia pelos na casa inteira, o cara tinha nos armários uma vasta coleção de carantonhas de bicho e besta de quimera que mexiam centenas de músculos, comandadas do PC. Isso tudo estava lá, nas páginas, e nem uma palavra sobre um macaco suspeito, a associação de Max Murray a Close Relatives ou a bendita placa do carro anotada pelo passante com vocação para dedo-duro. Aparentemente, também não faltavam inimigos ao falecido.

Era engraçado que um dos investigadores se referisse aos assassinos — todo mundo convencido de que fossem vários — como beasts, tentando xingar seres humanos. Escapava-lhe o alcance do que dizia. Talvez os filmes projetem uma imagem superestimada da polícia americana, não se pode afirmar ao certo; o fato é que ela cometeu o mesmo erro da polícia parisiense do século XIX, e Dupin não apareceu. Os crimes de Ocean Boulevard eram insolúveis.

Uma semana depois da tragédia, Blanche Nichols anunciou que o macaco falante chegava na manhã seguinte e Nasser, que a essa altura andava tranquilizado pela incompetência policial, viu-se paranoico outra vez. Imaginava o bicho soltando a língua: era claro que Pongo lhe contaria cheio de orgulho, em linguagem de macaco, ter feito a matança, ele só precisaria traduzir.

Aquela noite nem dormiu. Estava sonado quando conheceu Luuk, um chimpanzé magro e comprido, de pelagem falha. Sabia dizer bom-dia e boa-noite em swahili. Segundo Blanche — que sempre fazia esse tipo de diagnóstico semicerrando os olhões azuis — um depressivo típico. Todos se surpreenderam quando, na madrugada do dia seguinte, um comando vestindo máscaras prateadas tomou a reserva de assalto e o levou.

# O HOMEM QUE MATOU O ESCRITOR

**VAMOS LOGO AO QUE INTERESSA:** não escrevi o livro que todos pensam que escrevi, e que tem me enchido de fama e dinheiro desde que foi lançado, há pouco mais de um ano. Por muito que alguns estranhem — e que outros digam eu sabia, nunca me enganou — encontrei a obra prontinha, rabiscada nas paredes de um apartamento igual ao meu, aos cacos: apenas a editei. Quem escreveu *Mas não se mata escritor?* foi um sujeito chamado Austino Lemos, que era meu vizinho de porta, e hoje é defunto. Sei bem que, quando acreditarem em mim, a condenação será severa, unânime e justa. É exatamente o que procuro.

Está dito, e atenção, leitor calejado, não se trata de jogo de espelhos pós-moderno: quem vos fala é uma fraude, o referido é verdade e dou fé.

Houve uma época — minha vida quase toda — em que muito me interessaria o potencial literário do assunto, texto reconstruído, identidades trocadas e tal; nada me interessaria, aliás, senão ele, o potencial literário, era o que se passava comigo em relação a qualquer assunto. Não mais. Agora, se as potencialidades literárias me dão vontade de vomitar, Austino representa uma chance única-na-vida de virada, e só por isso me interessa.

O resto, bom, o resto é literatura. Ou nem tanto. Imagino o momento de bater o ponto final nesta confissão e me levantar, não mais personagem mas sujeito de grandes ações: sair para o sol, fumar na esquina, me perder de vista. Mas demora ainda um pouco. O percurso a cumprir antes da libertação inclui um segundo crime e começa na faculdade de Letras, o que não poderia ser mais apropriado.

*101*

Eu e Gabriel Ahlter tivemos a ideia pela altura do terceiro período e décimo quinto chope: incrementar nossa vida sexual criando um ateliê onde calouras escolhidas a dedo pudessem posar — nuas ou não, de preferência sim — para poemas descritivos, que batizamos, não me lembro qual dos dois teve a ideia, de aqualogos. O nome era uma brincadeira com aquarela, e a necessidade de explicá-lo basta para atestar sua ruindade. Como estávamos bêbados, rimos muito.

Surpreendentemente, o esquema geral, quando o aplicamos, nada teve de ruim. Funcionou demais — não pela qualidade literária, que os aqualogos eram quase sempre fracos; porém, escolhida a dedo ou não, comemos gente à beça. A maioria sussurrava em meu ouvido, você escreve, ai, tão bem... Creio ter sido aí que me contaminou o vírus maldito, a doença de acreditar que a vida só faz sentido quando entretecida de arte, e vice-versa; Arte & Vida, em suma.

Arte & Vida? Coisa de puto, dando passa, dirá, com impaciência, o leitor mais desbocado, e tem lá sua razão. Mas a verdade é que Ahlter e eu não estávamos interessados em dar. Comer, sim, comemos. Lembro-me de um bom punhado de lisos lombinhos universitários enredados em nosso papo-cabeça a princípio tíbio mas logo elevado a um nível realmente artístico, um ponto de virada em que se tornava ele, o papo, a cantada, a própria obra, em detrimento de subprodutos como poema ou mesmo sexo. Cínicos? Um tantinho, talvez, o que, no entanto, só ajudava a compor o quadro favorável: ainda não foi dito mas estávamos no início dos 80, posição que ainda nos permitia fazer aquela mistura de riporonguice velha com beat reciclado com modernismo de anedota e sair do outro lado, impunes, famosos num certo círculo, e ainda sabendo a humores genitais. Foi ideia minha — desta autoria me recordo, embora não imagine o que me terá inspirado — batizar a dupla Os Dinossauros.

Hoje ninguém se lembrará, mas houve um tempo em que Os Dinossauros foram os soberanos da Terra. Lotávamos bares com nossos recitais, dando autógrafos em colos seminus e esgotando edições de livrinhos xerocados enquanto enchíamos a cara de estupafacientes sólidos, líquidos e gasosos. Éramos, com perdão do lugar-comum, jovens. Fomos os queridinhos da imprensa enturmada por uns tempos, até que, naturalmente, nos esqueceram, e Os Dinossauros entraram em extinção. Meu drama começa aí.

Grande drama, dirá aquele leitor, o mesmo, com seus maus bofes. Normal, ele está argumentando. Vivemos numa sociedade pop, fragmentária, de memória curta. Quem se lembra de um sujeito chamado Radar, que um dia, em sua primeira partida como centroavante do Flamengo, fez quatro gols e virou deus?

Pois eu digo: o Radar, o Radar se lembra. Onde quer que ele esteja, vivo ou morto, eu posso garantir que o Radar se lembra.

Não era para o Radar ter vindo parar aqui, mas já que veio, fique: será um bom símbolo dessa memória infecciosa, aguda e crônica, que carregam até morrer os ex-famosos. Dela sim nascem dramas, leitor. E tragédias. Mas não nos precipitemos.

Porque em caso de precipitação eu seria obrigado a esclarecer que, com certeza e apesar das aparências, o motivo do plágio vai muito além da torpe satisfação de um desejo de glória literária longamente alimentado. Muito além. Estando correta minha leitura de Austino, toda a sua obra foi construída para burlar a irrelevância da palavra escrita e dar o salto — o inédito, impensável salto — até a ação. O que é uma mera questão de autoria diante disso? Pode parecer mas não se trata de defesa, coisa que, juro, não me interessa, pelo contrário; devem me condenar, cuspir no meu nome. Mesmo assim é preciso que se entenda que eu estava doente e que Austino Lemos me curou. A certa altura pensei que era essa sua verdadeira obra, me curar. Foi ele o assassino de pelo menos um escritor: aquele gerado no ventre da minha cabeça, fantasma bastardo em permanente estado de embrião, que me corroía como um câncer.

Eu e Ahlter brigamos assim que Os Dinossauros foram extintos — talvez inevitavelmente, sendo cada um a testemunha da felicidade perdida do outro. Ele deixou a faculdade, fez novos amigos — Ronaldo Costa Pinto e a turma da *Troqueu* — e passou a desdenhar do que tínhamos alcançado. Rindo, chamava a fase dos aqualogos de "pré-história da literatura". Aquilo me enfurecia até quase a demência. Por quê? Ora, eu morria de saudade de ser um Dinossauro, um príncipe-filósofo, um escritor realmente atuante, conhecedor dos arcanos de Arte & Vida como poucos terá havido. Quer dizer, eu sentia falta do mulherio também. Mas mais falta sentia daquela consciência de segundo grau que tudo filtrava — por olhos, ouvidos, tato, intuição — na lente da literatura. Ai, você escreve tão bem... Não tinha a menor dúvida de estar destinado a realizar grandes feitos literários, e portanto grandes feitos de vida. Atravessava, porém, momentos de revés. Perdido e só, o deboche de meu amigo me torturou até o dia em que, parece, me excedi. Não me lembro do que disse, infelizmente. Ahlter se sentiu insultado de verdade.

Nunca mais nos falamos. Enfileirei a formatura e o casamento com Daphne, nossa amiga comum da faculdade, e meu ex-irmão Dinossauro não compareceu a nenhum deles; nem eu, a uma só de suas noites de autógrafos. Quando Gabriel Ahlter, já então careca, se tornou "o melhor escritor brasileiro da nova geração", como vi escrito por mais de um resenhista desprovido de mãe, eu estava longe. As colunas sociais comentavam o último caso do mulherengo homem de letras, a bela e talentosa romancista pós-pornô Beatriz Viotti. Eu vivia em casa com Daphne, saindo apenas para ir à faculdade e voltar cheio de trabalhos a avaliar, e permanecia inédito — a não ser por um pequeno volume de versos, *Poemas agudos* — enquanto escrevia e reescrevia um romance de cada vez mais rarefeito sentido, chamado *Vida*.

Foi ao mesmo tempo visceral e lúcida, e creio que só em pequena parte motivada pela inveja, a repulsa que me despertaram os dois primeiros livros de Ahlter. Falo dos dois primeiros porque os outros eu não li, já então me bastavam orelhas e resenhas para confirmar que o cara era um picareta, um falso artista, mágico ultrapassado a manipular um teatrinho de sombras muito do vagabundo. Suas vendagens obscenamente altas só reforçavam essa impressão. Em sala de aula, eu tinha que me conter para não tomar como ofensa os comentários estudantis sobre a famosa "narrativa expressionista" de Ahlter ou a brilhante técnica de coisificação dos personagens usada pelo autor em *Frutas apodrecendo na sala*, por exemplo.

Daphne também tinha uma opinião desfavorável dele, isto é, até o ponto em que Daphne conseguia ter uma opinião sobre alguma coisa. Minha mulher sempre me pareceu conter todas as opiniões, e em cada uma delas encontrar uma nota de falsidade que a levava a descartá-la para examinar a próxima, e assim por diante — como quem descasca uma alcachofra, a não ser pelo fato de que, dentro, nunca havia um coração suculento de sentido: havia só o coração de Daphne, generoso, tremelicante. Gostava de minha mulher, mas me irritava que, estando eu num daqueles surtos biliares contra o ex-amigo, ela sempre cismasse de encontrar alguma redenção no estilo do infeliz — também não é assim, ele sabe usar os adjetivos...

Coisa que ela própria não sabia, mas isso eu nunca disse. Eu fingia admirar compungido a poesia esquisita de Daphne, ao mesmo tempo confessional e indecifrável, cinco livrinhos publicados em oito anos de casamento.

(Ahlter, uma tossida. Daphne, um soluço. Porque cedo ou tarde, no meio da confissão, ele acaba vindo. Houve um tempo em que eu faria uma pausa para ponderar o melhor modo de escrever um soluço. Um sinal gráfico, um [!]? No meio da frase, um tropeço? Alguma elipse? Uma súbita?

Ou somente assim, "soluço"?

Mas isso deve ter sido em outra encarnação — tenho pressa, já não me interessa exprimir o soluço. Nem sei por que soluçaria, agora que estou quase chegando à soleira de um novo tempo. Talvez porque, com soleira ou sem ela, seja duro fazer um balanço da vida e concluir que seu trabalho, seu melhor amigo, sua mulher, tudo o que jamais teve alguma importância foi reduzido por sua obstinação desprovida de talento à subliteratura mais chulé e previsível. Inveja. Frustração. Traição. Morte.

Nessa hora a confissão perde o fôlego, as palavras. Soluço. Agarram. Não saem.)

Como tantos outros gênios, Austino Lemos era um homem extremamente desagradável no trato social. Possuía uma única qualidade, a de pouco se fazer ver. Estava sempre entocado e, quando tinha de ir à rua atrás de algum item de subsistência como álcool ou tabaco, sabia se esgueirar pelos momentos vazios do dia. Raras vezes se topava com ele no elevador — experiência, porém, sempre desagradável. Era um homem de seus cinquenta anos, baixo e troncudo, com uma gigantesca castanha de caju por nariz e botucas fugidias, algo dementes. Cheirava mal. Tinha as roupas sujas. A porta de seu apartamento, nas poucas vezes em que se me entreabriu, revelou a nesga de uma sala em estado de grotesco abandono. Não trabalhava, nem se sabe de que viveria, mas, ainda que vivesse tão ostensivamente mal, alguma renda havia de ter porque não parecia fazer nada, os sete dias da semana trancado em casa. Toinho, o porteiro, contou ter entrado lá para resolver um problema elétrico e que não tinha móveis, nem televisão, nem coisa nenhuma, só umas cadeiras, o resto era entulho.

Toinho voltaria ao apartamento do maluco, desta vez acompanhado. Eu e o porteiro encontramos Austino Lemos no chão do quarto dele. Tinha o corpo todo rabiscado de esferográfica, o que meu companheiro de invasão de domicílio não achou esquisito: o próprio maluco tinha feito aquilo, ele disse, dava para ver pela posição das letras. Entre acharmos o cadáver e o rabecão chegar para rebocá-lo pro IML — morte suspeita — escoaram-se horas. Horas? Toinho deve ter ido ligar para as autoridades competentes, avisar o síndico, mandar esconder as crianças, não sei. Aquele tempo destacado do tempo, o que eu passei sozinho com o morto, não se mede com o mesmo metro deste. Sei, por alto, que demorou, no Brasil essas coisas demoram.

Quando o rabecão chegou, o corpo estava mais ou menos na posição original, de bruços aos pés da cama, olhos feito fossem de vidro. Toinho, entrando com os dois sujeitos, não percebeu a diferença, talvez desprezível mesmo, na posição das pernas. Trêmulo, sacudido de violenta emoção, eu não conseguira de maneira alguma endireitá-las depois de despir o cadáver e virar do avesso todas as suas dobras para me assegurar de não ter perdido uma só palavra.

Sim, o texto era belo. Meu ato, uma atrocidade que um homem não deveria jamais cometer: se alguma coisa é sagrada, o corpo humano é sagrado.

A menos, talvez, que seja ele também um escritor.

Depois de ajeitar a posição do cadáver, esperei a volta de Toinho caminhando zonzo pela casa. Na cozinha vi a chave na porta dos fundos, um chaveirinho de caveira. Toinho não daria pela falta dela, calculei, tínhamos entrado pela frente. E embolsei o chaveirinho de caveira.

O que se seguiu é nítido e distante como uma dessas fotografias de imprensa que, acompanhadas de um texto explicando uma longa ação, mostram apenas, congelado, um átimo dela. A primeira coisa que os caras do rabecão disseram foi que aquilo era catinga de dois dias e meio. Toinho emendou dizendo pois não é, coisa e tal, tinha sentido lá na portaria com seu nariz de lince, conhecia esse futum adocicado de gente apodrecendo, aí pensou, vou chamar alguém para entrar comigo senão depois sabe como é, vão dizer que eu roubei e o caralho.

Um dos caras do rabecão, um coroa, disse a Toinho que ele não podia ter feito isso, ir entrando assim, era contra a Lei. E levantou Austino pelas pernas. O outro pegou os braços, foram saindo.

Aquilo me horrorizou. O que eu esperava, uma epifania? Os caras do rabecão não eram de muitas palavras. Eu queria um espanto, talvez, uma hilaridade que fosse, qualquer sinal de reconhecimento à fulgurância do objeto lítero-funerário que apodrecia à nossa frente. O mais moço dos papa-defuntos estaduais comentou apenas e esse hein, todo escrito, lembra aquela bicha de Honório Gurgel que tinha um caralho tatuado na bunda? Falou isso de saída. O que o mais velho respondeu, se respondeu, já não ouvimos.

Ficamos nós dois. Toinho comentou que o apartamento estava uma nojeira. Ponderei que isso era verdade, uma nojeira, uma bagunça, e portanto cheio de pistas sobre a morte do morador. A Lei faria questão que permanecesse assim.

Disse aquilo com a mão no bolso — eis a foto, o átimo congelado — apalpando a caveirinha. Na hora não me dei conta que já estava agindo como um criminoso.

Antes mesmo de transcrever tudo o que pude me lembrar do texto escatológico — em transe pela casa, Daphne na praia, eu sozinho, puxando os cabelos na frustração de não captar o curso exato de alguma intercalada a escorrer pela perna — e portanto antes de reler meu trabalho de Pierre Menard e ver que era bom, mas não passava de um epílogo, eu já sabia que teria de retornar àquele apartamento. Escondi as três folhas no fundo da gaveta de cuecas, liguei a televisão e esperei a volta de minha mulher. Estava tranquilo, num alheamento que não era destituído de prazer. Rememorei o texto tentando ligar cada fragmento à respectiva parte. Por exemplo, na palma da mão esquerda

> *o assassino usa uma máscara que consiste num tosco rosto de plástico onde se lê a palavra máscara escrita repetidas vezes, em cores e tipologias variadas. Sua boca rasga o grito:*
> *— Morte ao escritor!*

Do pouco que lera da obra, àquela altura sem nome, concluí que Austino condenava à morte, não todos os escritores, não — apenas aqueles que se prostituíam, como Gabriel Ahlter, e traíam o grande escritor que porventura houvesse neles em troca de aceitação social, dinheiro, sexo, o que fosse, lançando um livro por ano e entupindo jornais de artigos e declarações irrelevantes; à morte, portanto, o prolífico acadêmico inflado de nada, a legião de imitadores de Rubem Fonseca, o ficcionista psicanalítico, o populista barbudo, o cínico experimental, o erudito do Thesaurus, o autor do maior best-seller da década, o derramado, o excessivamente seco, o vaidoso, o ingênuo — à morte quem quer que um dia tenha sido ou possa vir a ser um autor de palavras vazias. Eu pensava, satisfeito: isso inclui Gabriel Ahlter, Ronaldo Costa Pinto, Beatriz Viotti, Cícero Lucas. Entre tantos outros.

É claro que a polícia não investigou nada. Nossa polícia nunca investiga nada. Disseram que foi morte natural, coração, e esperou-se que aparecesse um parente, embora de alguma forma eu soubesse que Austino não tinha parente nenhum, ou os que havia não queriam saber dele. O apartamento ficou se decompondo. Nenhum detetive lhe pagou uma única visita, que eu saiba.

Eu saberia. Nas semanas seguintes fiz muitos serões na faculdade, dando um curso extracurricular chamado "De Knut Hamsun a Allen Ginsberg, uma trajetória da fome eterna". Não se espera que o leitor acredite nisso. Daphne acreditou, e basta.

A poucos metros dela, sorrateiro como um assassino, eu passei infinitas noites lendo. Lendo? Decifrando soa melhor: caçando, desentocando as palavras que forravam cada centímetro de avesso de tapete, cada lado de cada lâmina de cada persiana, cada margem de cada livro pelos cantos. O apartamento de Austino era um ponto de texto de massa infinita feito em bilhões de estilhaços pelo Big Bang. Frases escritas a gilete em portas de armário eram respondidas a sangue no espelho do banheiro e corrigidas a caldo de feijão e fezes em pilhas nauseabundas de toalhas e lençóis. Capítulos inteiros tinham sido vazados em tinta invisível nas paredes, havia que queimar as palavras a fim de revelá-las e para isso inventei um archote que me valeu momentos de prazer e tensão; a certa altura imaginei se era assim que a história terminava, com tudo em chamas.

Não terminou. Encontrei aforismos fulgurantes anotados no verso de notas de compra e largados dentro de cascos de cerveja no banheiro de empregada. Acompanhei diálogos esboçados em papel de pão, passados a limpo na superfície da manteiga e imortalizados na geladeira quase vazia, rabiscada, ela também, com ranhuras que à primeira vista pareciam acidentais, em todas as suas faces.

O cheiro de morte era alcoólico, invasivo. Formigas desfiguravam metáforas de açúcar na mesa da cozinha. Fungos absorviam ditongos. E por toda parte estava escrito, sugerido, representado, feito drama ou feito slogan: morte, morte, morte ao Escritor. Do assassino só se conhecem as motivações por epifanias pinceladas aqui e ali, borrões de sentido turvo, como cintilações de um vitral inacessível. Para Austino, a morte perfeita: o escritor a sangrar pela casa feito um bicho ferido, se esvaindo em palavras definitivas e, elas também, mortais. Naquele apartamento aprendi que só há esperança no silêncio.


Creio ter sido um bom restaurador, adivinhando a primitiva intenção do artista por trás das muitas lacunas. Em mãos menos hábeis, é provável que o trabalho de extração do livro imiscuído naquela casa resultasse desastroso. Nada disso é dito com intenção compensatória. Nem mesmo reivindico, posto que pudesse fazê-lo, a coautoria da obra-prima. Confesso, humilde e sinceramente, que não seria capaz de conceber aquela intriga, e sobretudo esse extraordinário detetive que é Elias, gordo, gauche e flatulento erudito, historiador, crítico literário, biógrafo de escritores e arquivista, a única pessoa no mundo que insiste em ler na trilha de crimes pavorosos o texto de uma mente maligna e superior. O estudioso supõe que, ao descobrir o padrão estético do monstro, poderá antecipar seu próximo ataque e armar-lhe uma cilada, prendê-lo. Obsessivo, deixa-se enredar pelas teorias que tece e abandona aos poucos seus demais interesses, como se o mistério dos escritores assassinados — para o qual a polícia já nem ligava muito, fingindo acreditar que fossem casos isolados, e não obra de um só psicopata — constituísse um excelente tema para o corolário de sua carreira de *scholar*.

Os juízos babélicos de nossos críticos sobre o livro ainda hoje me desconcertam. Cada um lê o que quer, diz o que lhe apraz, vive como pode — até aí, nada de novo. Só que ninguém se conforma com isso. Como o detetive, os críticos buscam o padrão. Todos pensam que o encontraram, e cada um tem o seu. A busca de Elias, como a dos críticos, é estética, isto é, moral. A do assassino está muito aquém disso. Sim, o detetive gordo descobre o padrão, porém tarde demais, quando o assassino já está debaixo de sua cama.

É patético. Estou farto desse mundinho viciado. A soleira, por favor!

E não mais falarei do que se sabe. No momento em que escrevo, *Mas não se mata escritor?* goza da reputação de ser um clássico contemporâneo, como eu não tinha a menor dúvida de que seria enquanto o desentranhava do lixo, transido de gratidão. Assinar com o meu nome? Não me passava pela cabeça. Eu ainda não começara a entender Austino. Nem quando, após dois meses de arqueologia, eu tinha juntado um arranha-céu de anotações e o apartamento vizinho deixara de ter segredos para mim, nem aí eu tinha começado a entender Austino. Queria apenas glorificá-lo. Eu não era o escritor, eu era o vizinho do escritor — só que, sem mim, ele não existiria.

Acreditava que contaria tudo a Daphne quando o livro chegasse ao fim. Por ora, justifiquei as noites viradas no escritório com a mentira de que encontrara a solução de *Vida* e que, uau, estava eufórico, louco para terminar. A verdade é que eu evitava conversar com minha mulher desde o dia em que optara pelo

silêncio a respeito do indizível: se alguma coisa é sagrada... Talvez eu já soubesse mais do que sabia saber.
Outros dois meses e estava pronto o livro do morto.

Quatro meses, quem quis já fez a soma, quatro meses separam o encontro do corpo garatujado e o ponto final da novela. Quatro meses duros demais para Daphne, que logo no início do quinto anunciou precisar de tempo-espaço, ou coisa parecida, e saiu de casa numa manhã de chuva, cheia de malas. Uma semana depois, por uma foto no jornal, eu soube que ela estava dando para — adivinhem quem. Sim, subliteratura, não digam que eu não avisei. Ahlter sorria sem mostrar os dentes, Daphne mostrava muito mais do que os dentes. Estavam à porta de um restaurante italiano no Leme.

Esse dia está gravado em minha memória com qualidade de DVD. Fiquei ali, jornal na mão, por uma hora ou mais, olhando a foto. Não pensava. Então, senti uma súbita necessidade de voltar ao apartamento de Austino e novamente ter contato com o texto gravado em paredes e objetos, repensar o livro inteiro, a vida inteira. Atravessei minha sala como se eu fosse o afogado e o apartamento vizinho, a boia no nevoeiro.

Abri a porta e quase caí para trás.

Desculpe ter assustado você, disse Toinho, fechando a porta de Austino e acomodando num grande balde a vassoura e o escovão. Estava uma nojeira, acrescentou, teve gente que reclamou do fedor.

O quê?

A casa do maluco. Passei horas lá dentro. Vou te contar, esse era doidinho, doidinho. Não imagina o trabalhão.

...

Mas ficou uma beleza.

...

O elevador de serviço fez nham, engolindo o serviçal. Fiquei ali, estático. Olhava para a porta do apartamento vizinho, gêmea da minha, como num espelho. Austino só existia agora em transcrições. Minha mulher me trocara pelo inimigo. Cessava a possibilidade de retorno. Publicaria com o meu nome e acabou-se.

Foi o sucesso que se sabe: reedições, tradução para sete línguas, entrevistas até na TV hegemônica. Algum pauteiro se lembrou dos Dinossauros, uma dupla universitária e inconsequente, quem diria que havia de fazer tanto sucesso separada. Depois disso, não faltou a exploração cansativa de minha inimizade com Ahlter, o adultério esmiuçado, eu um corno público — de que adianta ser um escritor famoso se você é um corno público? No mais, foi a Babel dos críticos:

"Fábula trágica sobre a clivagem do homem entre cultura e natureza", Ivan Silviano, o poeta;

"Um piradinho, engraçadíssimo jato de vômito antiliterário travestido de novela policial mutante", Robério Stardust, jornalista cultural;

"*Divertissement* de fumos kafkianos", Aníbal Nabuco, ex-ministro;

"Nunca o papel higiênico teve tão nobre gramatura", Gabriel Ahlter, mas é natural que houvesse um ou outro juízo negativo também.

No entanto, não devemos ser duros demais com eles. A compreensão integral do livro eu mesmo só tive tardiamente, quase um ano depois de publicá-lo, quando Daphne voltou a me procurar, dizendo-se arrependida. Acolhi-a. Ela disse que andara louca mas agora podia ver tudo claramente: Gabriel Ahlter tinha sido um erro, uma vacilada, sua vida era comigo. Ouvi-a. Ela disse que *Mas não se mata escritor?* era muito melhor do que *Frutas apodrecendo na sala*. Comi-a. Fumando, ela chorou e disse que Ahlter me odiava muito, que um dia ele estava cheiradão e contou que tinha conquistado ela apenas para me humilhar, e que por isso a humilhava também, na frente de todo mundo, recitando seus versos e rindo deles. Ouvi-a. Ela disse que Ahlter me odiava tanto que tinha mandado imprimir uma foto minha no fundo da privada, cagava na minha cabeça todo dia. Era tão infantil que chegava a ser engraçado. Chega, eu disse. E escorracei-a.

Pelo resto da noite fitei as paredes do escritório como se em meu olhar houvesse um fogo capaz de fazer brotar ali as palavras da redenção. A certa altura, indo ao banheiro e sondando o espelho em busca de criptogramas de batom que sabia não estarem lá, vi dois olhos mortiços incrustados numa cara verde. Lamentei que Austino estivesse morto. Seria tão bom se pudesse conversar com ele.

Seria tão bom se pudesse matá-lo.

Só então compreendi. Burro que fui. Imaginar que Austino Lemos escreveria o que parecia ser uma novela policial metalinguística apenas pelo prazer do jogo, da brincadeira — isso era não conhecer Austino Lemos. Por que cargas de dilúvio certos escritores acham que precisam ser metalinguísticos, como se seu ofício contivesse algo de muito mágico e especial — o próprio modelo mínimo do universo inteiro — e técnicos em contabilidade, por exemplo, não ligam para isso? Imagine-se o receituário de um médico metalinguístico. Foda-se a metalinguagem, era o que estava dizendo Austino. O que me interessa é o corpo.


E assim a confissão chega ao fim. Ponho os pés sobre a soleira.

O que se seguiu, e que escrevo agora, parecia já estar escrito. Acho que consegui driblar Elias na altura do monumento a Cazuza, pois não o vi depois disso. O placar digital na esquina marcava quatro e sete da manhã. O escritor tomava uísque nos fundos, sozinho. A mesa dele era a única ocupada. Não recordo o que conversamos, mas sei que trocamos frases civilizadas, tateantes, como acontece quando ex-amigos estudam uma reaproximação. Saímos do bar com a barra do horizonte começando a clarear sobre o oceano. Ahlter estava bêbado e eu, magnificamente sóbrio, tive facilitada a tarefa de derrubá-lo na calçada. Bati sua cabeça contra o fradinho muitas vezes, acho que umas vinte. Bati sua cabeça contra o fradinho até ver os primeiros miolos escapando da famosa careca.

Se alguma coisa é sagrada, o corpo humano é sagrado, reconheci a voz reverberante de Walt Whitman sobre as ondas do Leblon. Enfim o escritor que, de tão exaltadamente lírico, jamais soou uma nota falsa? Foi o próprio bardo quem respondeu: O homem superficial considera a liberdade uma desobrigação de toda lei, de todo freio. O sábio vê nela, ao contrário, a poderosa Lei das Leis.

Não sei se entendi. Não liguei. Eu sabia que o crime ia jogar gasolina na fogueira de Ahlter, eternizar sua mitologia e elevar ao cubo as edições de seus livros estúpidos, uma coisa alimentando a outra por anos a fio, e outra vez não liguei. Fui para casa e tomei um banho. Então, calmamente, fiz as malas.

Depois de alguns sustos acabei levando a termo meu plano de mudar de país, de nome e de vida, mas aí já começa uma história que não escreverei. Nem essa, nem outras, nunca mais. Nem uma linha.

**SÉRGIO RODRIGUES** nasceu em 1962. Mineiro que adotou o Rio de Janeiro, lançou, entre outros, os romances *A vida futura*, *O drible* (vencedor do prêmio Portugal Telecom, atual Oceanos) e *Elza, a garota*, além do livro de contos *A visita de João Gilberto aos Novos Baianos*, do almanaque *Viva a língua brasileira!* e, como organizador, da antologia *Cartas brasileiras* — todos publicados pela Companhia das Letras. Tem livros editados na França, na Espanha, em Portugal e nos Estados Unidos. Mantém uma coluna sobre língua e linguagem na *Folha de S.Paulo*.

# COMPANHIA DE BOLSO

Luiz Felipe de ALENCASTRO (Org.)
*História da vida privada no Brasil 2 —
Império: a corte e a modernidade nacional*
Jorge AMADO
*Capitães da Areia*
*Dona Flor e seus dois maridos*
*Mar morto*
*Seara vermelha*
*Tenda dos Milagres*
Hannah ARENDT
*Homens em tempos sombrios*
*Origens do totalitarismo*
Philippe ARIÈS, Roger CHARTIER (Orgs.)
*História da vida privada 3 — Da Renascença
ao Século das Luzes*
Karen ARMSTRONG
*Em nome de Deus*
*Uma história de Deus*
*Jerusalém*
Paul AUSTER
*O caderno vermelho*
Ishmael BEAH
*Muito longe de casa*
Jurek BECKER
*Jakob, o mentiroso*
Marshall BERMAN
*Tudo que é sólido desmancha no ar*
Jean-Claude BERNARDET
*Cinema brasileiro: propostas para uma
história*
Harold BLOOM
*Abaixo as verdades sagradas*
David Eliot BRODY, Arnold R. BRODY
*As sete maiores descobertas científicas da
história*
Bill BUFORD
*Entre os vândalos*
Jacob BURCKHARDT
*A cultura do Renascimento na Itália*
Peter BURKE
*Cultura popular na Idade Moderna*
Italo CALVINO
*Os amores difíceis*
*O barão nas árvores*
*O cavaleiro inexistente*
*Fábulas italianas*
*Um general na biblioteca*
*Os nossos antepassados*
*Por que ler os clássicos*
*O visconde partido ao meio*
Elias CANETTI
*A consciência das palavras*
*O jogo dos olhos*
*A língua absolvida*
*Uma luz em meu ouvido*

Bernardo CARVALHO
*Nove noites*
Jorge G. CASTAÑEDA
*Che Guevara: a vida em vermelho*
Ruy CASTRO
*Chega de saudade*
*Mau humor*
Louis-Ferdinand CÉLINE
*Viagem ao fim da noite*
Sidney CHALHOUB
*Visões da liberdade*
Jung CHANG
*Cisnes selvagens*
John CHEEVER
*A crônica dos Wapshot*
Paulina CHIZIANE
*Niketche*
Catherine CLÉMENT
*A viagem de Théo*
J. M. COETZEE
*Infância*
*Juventude*
Joseph CONRAD
*Coração das trevas*
*Nostromo*
Mia COUTO
*Terra sonâmbula*
Alfred W. CROSBY
*Imperialismo ecológico*
Robert DARNTON
*O beijo de Lamourette*
Charles DARWIN
*A expressão das emoções no homem e nos
animais*
Jean DELUMEAU
*História do medo no Ocidente*
Georges DUBY
*Damas do século XII*
*História da vida privada 2 — Da Europa
feudal à Renascença (Org.)*
*Idade Média, idade dos homens*
Mário FAUSTINO
*O homem e sua hora*
FERRÉZ
*Capão pecado*
Meyer FRIEDMAN,
Gerald W. FRIEDLAND
*As dez maiores descobertas da medicina*
Jostein GAARDER
*O dia do Curinga*
*Maya*
*Vita brevis*

Jostein GAARDER, Victor HELLERN, Henry NOTAKER
*O livro das religiões*
Fernando GABEIRA
*O que é isso, companheiro?*
Luiz Alfredo GARCIA-ROZA
*O silêncio da chuva*
Eduardo GIANNETTI
*Auto-engano*
*Vícios privados, benefícios públicos?*
Edward GIBBON
*Declínio e queda do Império Romano*
Carlo GINZBURG
*Os andarilhos do bem*
*História noturna*
*O queijo e os vermes*
Marcelo GLEISER
*A dança do Universo*
*O fim da Terra e do Céu*
Tomás Antônio GONZAGA
*Cartas chilenas*
Philip GOUREVITCH
*Gostaríamos de informá-lo de que amanhã seremos mortos com nossas famílias*
Milton HATOUM
*A cidade ilhada*
*Cinzas do Norte*
*Dois irmãos*
*Relato de um certo Oriente*
*Um solitário à espreita*
Patricia HIGHSMITH
*Ripley debaixo d'água*
*O talentoso Ripley*
Eric HOBSBAWM
*O novo século*
*Sobre história*
Albert HOURANI
*Uma história dos povos árabes*
Henry JAMES
*Os espólios de Poynton*
*Retrato de uma senhora*
P. D. JAMES
*Uma certa justiça*
Ismail KADARÉ
*Abril despedaçado*
Franz KAFKA
*O castelo*
*O processo*
John KEEGAN
*Uma história da guerra*
Amyr KLINK
*Cem dias entre céu e mar*
Jon KRAKAUER
*No ar rarefeito*
*Sobre homens e montanhas*

Milan KUNDERA
*A arte do romance*
*A brincadeira*
*A identidade*
*A ignorância*
*A insustentável leveza do ser*
*A lentidão*
*O livro do riso e do esquecimento*
*Risíveis amores*
*A valsa dos adeuses*
*A vida está em outro lugar*
Danuza LEÃO
*Na sala com Danuza*
Primo LEVI
*A trégua*
Alan LIGHTMAN
*Sonhos de Einstein*
Gilles LIPOVETSKY
*O império do efêmero*
Claudio MAGRIS
*Danúbio*
Naguib MAHFOUZ
*Noites das mil e uma noites*
Norman MAILER (JORNALISMO LITERÁRIO)
*A luta*
Janet MALCOLM (JORNALISMO LITERÁRIO)
*O jornalista e o assassino*
*A mulher calada*
Alberto MANGUEL
*Uma história da leitura*
Javier MARÍAS
*Coração tão branco*
Ian McEWAN
*Cães negros*
*O jardim de cimento*
*Sábado*
Heitor MEGALE (Org.)
*A demanda do Santo Graal*
Evaldo Cabral de MELLO
*O negócio do Brasil*
*O nome e o sangue*
Luiz Alberto MENDES
*Memórias de um sobrevivente*
Gita MEHTA
*O monge endinheirado, a mulher do bandido e outras histórias de um rio indiano*
Jack MILES
*Deus: uma biografia*
Vinicius de MORAES
*Antologia poética*
*Livro de sonetos*
*Nova antologia poética*
*Orfeu da Conceição*
Fernando MORAIS
*Olga*

Helena MORLEY
*Minha vida de menina*
Toni MORRISON
*Jazz*
V. S. NAIPAUL
*Uma casa para o sr. Biswas*
Friedrich NIETZSCHE
*Além do bem e do mal*
*O Anticristo*
*Assim falou Zaratustra*
*Aurora*
*O caso Wagner*
*Crepúsculo dos ídolos*
*Ecce homo*
*A gaia ciência*
*Genealogia da moral*
*Humano, demasiado humano*
*Humano, demasiado humano, vol. II*
*O nascimento da tragédia*
Adauto NOVAES (Org.)
*Ética*
*Os sentidos da paixão*
Michael ONDAATJE
*O paciente inglês*
Malika OUFKIR, Michèle FITOUSSI
*Eu, Malika Oufkir, prisioneira do rei*
Amós OZ
*A caixa-preta*
*O mesmo mar*
José Paulo PAES (Org.)
*Poesia erótica em tradução*
Orhan PAMUK
*Meu nome é Vermelho*
Georges PEREC
*A vida: modo de usar*
Michelle PERROT (Org.)
*História da vida privada 4 — Da Revolução Francesa à Primeira Guerra*
Fernando PESSOA
*Livro do desassossego*
*Poesia completa de Alberto Caeiro*
*Poesia completa de Álvaro de Campos*
*Poesia completa de Ricardo Reis*
Ricardo PIGLIA
*Respiração artificial*
Décio PIGNATARI (Org.)
*Retrato do amor quando jovem*
Edgar Allan POE
*Histórias extraordinárias*
Antoine PROST, Gérard VINCENT (Orgs.)
*História da vida privada 5 — Da Primeira Guerra a nossos dias*
David REMNICK (JORNALISMO LITERÁRIO)
*O rei do mundo*

Darcy RIBEIRO
*Confissões*
*O povo brasileiro*
Sidarta RIBEIRO
*Limiar*
Edward RICE
*Sir Richard Francis Burton*
João do RIO
*A alma encantadora das ruas*
João Guimarães ROSA
*Grande sertão: veredas*
Philip ROTH
*Adeus, Columbus*
*O avesso da vida*
*Casei com um comunista*
*O complexo de Portnoy*
*Complô contra a América*
*Homem comum*
*A humilhação*
*A marca humana*
*Pastoral americana*
*Patrimônio*
*Operação Shylock*
*O teatro de Sabbath*
Elizabeth ROUDINESCO
*Jacques Lacan*
Arundhati ROY
*O deus das pequenas coisas*
Murilo RUBIÃO
*Murilo Rubião — Obra completa*
Salman RUSHDIE
*Haroun e o Mar de histórias*
*Oriente, Ocidente*
*O último suspiro do mouro*
*Os versos satânicos*
Oliver SACKS
*Um antropólogo em Marte*
*Enxaqueca*
*Tio Tungstênio*
*Vendo vozes*
Carl SAGAN
*Bilhões e bilhões*
*Contato*
*O mundo assombrado pelos demônios*
Edward W. SAID
*Cultura e imperialismo*
*Orientalismo*
José SARAMAGO
*O Evangelho segundo Jesus Cristo*
*História do cerco de Lisboa*
*O homem duplicado*
*A jangada de pedra*
Arthur SCHNITZLER
*Breve romance de sonho*

Moacyr SCLIAR
*O centauro no jardim*
*A majestade do Xingu*
*A mulher que escreveu a Bíblia*
Amartya SEN
*Desenvolvimento como liberdade*
Nicolau SEVCENKO (Org.)
*História da vida privada no Brasil 3 —*
*República: da Belle Époque à Era do Rádio*
Dava SOBEL
*Longitude*
Susan SONTAG
*Doença como metáfora / AIDS e suas*
*metáforas*
*Questão de ênfase*
*A vontade radical*
Jean STAROBINSKI
*Jean-Jacques Rousseau*
I. F. STONE
*O julgamento de Sócrates*
Keith THOMAS
*O homem e o mundo natural*
Drauzio VARELLA
*Estação Carandiru*

John UPDIKE
*As bruxas de Eastwick*
Caetano VELOSO
*Verdade tropical*
Erico VERISSIMO
*Caminhos cruzados*
*Clarissa*
*Incidente em Antares*
Paul VEYNE (Org.)
*História da vida privada 1 — Do Império*
*Romano ao ano mil*
XINRAN
*As boas mulheres da China*
Ian WATT
*A ascensão do romance*
Cornel WEST
*Questão de raça*
Raymond WILLIAMS
*O campo e a cidade*
Edmund WILSON
*Os manuscritos do mar Morto*
*Rumo à estação Finlândia*
Edward O. WILSON
*Diversidade da vida*
Simon WINCHESTER
*O professor e o louco*

1ª edição Objetiva [2000] 1 reimpressão
1ª edição Companhia de Bolso [2022]

Esta obra foi composta pela Verba Editorial
em Janson Text e impressa pela Gráfica Bartira em
ofsete sobre papel Pólen Soft da Suzano S.A.

A marca FSC® é a garantia de que a madeira utilizada na fabricação do papel deste livro provém de florestas que foram gerenciadas de maneira ambientalmente correta, socialmente justa e economicamente viável, além de outras fontes de origem controlada.